Rike Springer • Geistreich und Wandel

Unser herzlicher Dank gilt dem Künstler Gerald Brettschuh in Graz für die Erlaubnis, das wunderbare Aquarell »Frau im Spiegel« für die Umschlaggestaltung verwenden zu dürfen. Ebenso bedanken wir uns sehr bei der Eigentümerin des Bildes, Frau Ingrid Walluschek-Wallfeld.

Rike Springer

# Geistreich und Wandel

Roman

Mirabilis Verlag

*In Erinnerung an Albrecht.*

## *Die Küchenphilosophin*

Die Frau steht an der Kücheninsel und umringt zusammen mit der illustren Gästeschar den Prosciutto. Sie fleht innerlich: »Bitte nicht das Flüchtlingsthema. Ich könnte jetzt einen Herzanfall vortäuschen und mich davonstehlen.« Dabei nickt sie freundlich. Sie ist hier verkehrt. Sie denkt darüber nach, dass jeder Mensch bei natürlicher Geburt verkehrt auf die Welt kommt und dass alle Bilder verkehrt auf den Netzhäuten landen und somit die Welt schon von Anbeginn verkehrt ist. Dann erscheinen Bilder von Fledermäusen im Kopf, die den Großteil ihres Daseins verkehrt zubringen, und sie sieht sich einsam an der Decke hängen, neben dem Lobmeyr-Designer-Luster direkt über der Antipastiplatte. Jetzt dreht sich das Bild und sie sieht alle Gäste als Fledermäuse von der Decke hängend und sich selbst ganz allein am Boden stehend neben dem Teller, der schon halb leergegessen ist.

Die Gastgeberin ist gut gelaunt. Sie beugt sich elegant über die Insel und schnappt sich schwungvoll den Teller. Nun surrt fast lautlos das Schwungrad der roten Hochglanz-Prosciutto-Schneidemaschine und weitere hauchzarte Blätter gleiten von der Schweinshaxe herab.

»Dieses Gerät kostet bestimmt mehr als mein Auto«, denkt die Frau. Ihr wird übel beim Anblick des rohen Fleisches. Sie biegt sich ins Hohlkreuz und hält sich den Handrücken vor den Mund. »Entschuldigen Sie bitte«, sagt sie zu der Dame, die eine Meinung zum Flüchtlingsthema hat, und rettet sich ins Badezimmer. »Viel besser als ein Herz-Zickzack«, denkt sie und übergibt sich kopfüber in eine originelle Kloschüssel. Wieder verkehrt herum. »Übergeben und nehmen«, denkt sie sich und nimmt sich vom Klopapier. »Man kommt auf die Welt und bewegt sich immer weiter fort von der Geburt, bis man sich gar nicht mehr auskennt.« Sie wäscht sich das Gesicht mit eiskaltem Wasser und streicht ihr schwarzes Welcome-Refugees-T-Shirt mit feuchten Händen glatt. Von hier ist es ein Leichtes, sich ungesehen aus dem Haus zu stehlen. Niemand würde sie vermissen, und später wird sie behaupten können, die Party um kurz nach Mitternacht verlassen zu haben. Dafür sind mehr als genug Gäste anwesend. Am liebsten liefe sie nun zu Fuß durch die Nacht nach Hause, aber sie hat ihre hohen Schuhe an.

Sie ruft ein Taxi. Als sie auf der Hinterbank der Limousine versinkt und der Blick des Taxifahrers sie über den Rückspiegel trifft, kommen sie sogleich, die Swamp Zombies der Vergangenheit. Na großartig. Jede Taxifahrt katapultiert sie zurück in ihre Erinnerung an den Abend mit dem Flötenspieler, damals im Frühsommer. An dieser Haltestelle hatte er gestanden, allein, mit hochgezogenen Schultern, die Flöte unterm Arm. Sie hatten sich gerade erst kennengelernt. Als sie ihn sah, hatte sie den Fahrer gebeten anzuhalten und das Fenster des Wagens geöffnet: »Sollen wir dich mitnehmen?« Der Musiker war eingestiegen.

»Frauen mit hohen Absätzen«, denkt sie nun und wirft ihre Schuhe in die Ecke, »haben mich immer eingeschüchtert. Besser, ich schüchtere mich selbst ein, als dass ich mich von der Welt einschüchtern lasse. Dress to impress!«

Endlich war sie in der Mitte ihres Lebens und hatte es als sehr wohltuend empfunden, als sie eines Tages feststellte, dass sie doch jemand war. Alle Unsicherheiten waren zu Gold geworden. Sie waren nichts als Fragezeichen gewesen, die sie zwangen, diese zu hinterfragen. Das hatte sie weitergebracht und daran war sie gewachsen. »Ein Hoch auf die Fragezeichen!«, dachte sie. Sie bemerkte, dass sie einem Lebensabschnitt entwachsen war, als sie damit aufgehört hatte, ihr Leben immerzu mit dem anderer zu vergleichen. Eines Tages hatte sie keine Lust mehr gehabt, irgendjemanden zu bewundern. Sie fand Begegnungen mit Menschen und deren Ecken und Kanten weitaus interessanter. Menschen, die unsichtbare Schrammen mit sich trugen und deren Narben von »Erleidnissen« ihres Lebens erzählten. Die glatten und tadellosen Lebensläufe machten sie stutzig oder langweilten sie zu Tode.

Wenn sie auf Fremde traf, fragte sie nur selten nach Karriere und Beruf, sondern untersuchte die Augen. Da waren Augen des Sommers und des Winters und die, die dazwischen lagen. Die Sommeraugen mochte sie wegen ihrer Leichtigkeit und die Winteraugen mochte sie wegen ihrer Schwermütigkeit. Wenn sie durch den Wald streifte, dann dachte sie über die Welt nach, über sich selbst und über die Dinge, die sie erlebt hatte. Sie sorgte sich nicht mehr um ihre Zukunft und was aus ihr werden würde, ob sie je würde glücklich sein, und das war ein sehr angenehmer Zustand.

Gespräche über Alltägliches ermüdeten sie. Diese Langeweile tat ihr weh, ähnlich wie ihr früher, stillsitzend, die endlosen Schulstunden wehgetan hatten. Sie tauschte mit niemandem Rezepte aus, doch versank gerne in ihrer Beschäftigung in Haus und Garten. So trug es sich zu, dass die Gedanken ihre besten Freunde wurden. Mit ihnen verbrachte sie den Tag und auch die Nacht, und sie waren immer zur Stelle, wenn sie jemanden brauchte. Auch konnte sie sie, ohne Herzanfälle vortäuschen zu müssen, einfach unkommentiert stehenlassen. Ihre Gedanken waren nie kapriziös und sie verstanden die Frau. Sie war sich selbst eine verwandte Seele geworden. So konnte sie mit sich gut alleine sein. Einsam fühlte sie sich am ehesten unter Menschenmengen.

Manche Gedanken taten ihr sehr weh. Daran hatte sie sich gewöhnt nach all den Jahren. Sie ertrug diese Gedanken inzwischen erhobenen Hauptes und lief ihnen nur selten feige davon. Dazu musste sie die Gedanken überlisten, indem sie versuchte, sie in andere Bahnen zu lenken. Meistens aber kamen sie einer spanischen Armada gleich daher und setzten fest ihre Anker, bis sie abgearbeitet waren.

Schon als kleines Mädchen hatte sie sich mit ihnen zusammen aus dem Staub gemacht. Schwups – durch das Fenster und Hand in Hand raus aus dem Klassenzimmer. Die Geschichten in ihrem Kopf waren weitaus spannender als die Inhalte des Frontalunterrichts. So verträumte sie ihre Kindheit und erträumte sich ihr eigenes Universum. Später aber erkannte sie, dass es für niemanden ein Entkommen gab vor dem echten Leben und dass sie ihren Platz würde finden müssen. Ohne Zauberkraft und unsichtbare Freunde war sie gezwungen, sich mit sichtbaren Themen auseinanderzusetzen, und darin war sie nicht gut.

Aufgrund von schlechten Aussichten auf ein ruhmreiches Leben voller großer Erfolge und goldenem Glanz war sie auf die Wirklichkeit nicht sonderlich gut zu sprechen. Sie sah es nicht ganz ein, dass sie nicht für eine herausragende Persönlichkeit gehalten wurde, wo sie doch Waldgeist war und zaubern konnte, und so wurde sie zunehmend bockig und trotzig dem echten Leben gegenüber. In ihren Träumen war sie Anführerin von Mädchenbanden und Heldin ihres Epos'. Im echten Leben war sie ein durchschnittliches Kind mit Bubenfrisur und aufgeschürften Knien. Das fand sie ungerecht und sie sehnte sich nach mehr Anerkennung.

Das Mädchen konnte sich für einfachste Dinge über alle Maßen begeistern. Ihr Herz schlug doppelt so wild wie das anderer Kinder. Ihre Leidenschaft war stürmischer, ihre Fantasie lebendiger, ihr Blick flinker. Aus weit aufgerissenen Augen, wie die eines Siebenschläfers, versuchte sie gleichzeitig zu erfassen, was alles wahrzunehmen war. Alle Eindrücke prasselten ungefiltert zugleich auf sie ein.

Mit derselben Willensstärke und Ausdauer, mit der sie ihre eigenen kleinen Ziele verfolgte, ihre eigene Welt erkundete, stand ihr eine *Unwillensstärke* im Wege. Dinge durchzustehen, die ihr kein Vergnügen bereiteten, fremd gesteckte Ziele zu erreichen – daran scheiterte sie kläglich. Die ganz großen Gefühle ... sie nahmen von ihr Besitz in alle beiden Richtungen.

Große Gefühle. Der Flötenspieler hatte damals im Taxi neben der Frau gesessen und gefragt: »Was machst du denn hier, mitten in der Nacht?«

»Freundinnen treffen.«

»War es schön?«

»Nein.«

»Wieso nicht? Es sind ihre Puppengesichter, ha?«

»Du bist böse.«

»Hmm«, sagte der Flötenspieler.

»Es sind ihre selbstoptimierten Leben. Ich bin in schlechter Verfassung. Manchmal setzen mich zu viele Menschen unter Druck. Sag, stimmt es, dass Flötenspieler mit ihrer Flöte zaubern können?«, fragte die Frau, um von sich abzulenken.

»Ja, warum denkst du, spiele ich Flöte und nicht ein anderes Instrument?«

»Na, weil sie leichter zu tragen ist als beispielsweise ein Kontrabass.«

»Hmm«, sagte der Flötenspieler.

Sie saßen nun nebeneinander und schwiegen. Plötzlich fühlte die Frau ihren kleinen Finger an dem des Flötenspielers. Wie ein Blitz durchfuhr sie diese zarte Berührung. Sie fragte sich, ob die Finger absichtlich zueinander gewandert waren. Ihre Unbeschwertheit verwandelte sich augenblicklich in eine diffuse Verunsicherung. Aber die Fingerspitzen der beiden blieben genau da, wo sie waren, und weder sie noch ihre Finger bewegten sich. Zwischen ihnen fand dieser Hauch einer Berührung statt, auf wenigen Millimetern, durch die es strömte wie verrückt.

Was sie also am allermeisten und noch sehr lange beschäftigen würde, war die Frage, wie es überhaupt möglich war, dass eine so winzige Berührung so ein stürmisches Feuer in ihr auslösen konnte. Sie stellte sich vor, wie der Flötenspieler ihren Rock hochschieben und sie zwischen den Schenkeln berühren würde. Seine

Finger würden nun sanft und langsam höher wandern, sie würde die Augen schließen, vor Lust den Kopf in den Nacken werfen und tief atmen.

Als der Flötenspieler später ausgestiegen war, hatte er zum Abschied gesagt: »Falls du etwas brauchst für dein Sommerfest, dann lass es mich wissen.«

»Deine Flöte sollst du mitbringen«, sagte die Frau.

»Eher friert das Meer zu«, antwortete der Flötenspieler.

Da fror das Meer zu. Und so war es gekommen, dass sie den Flötenspieler interessant fand, denn er war irgendwie merkwürdig und die Berührung denkwürdig. So etwas weckt doch Interesse! Diese sonderbare Person hatte sich so quasi als merk- und denkwürdig erwiesen.

Der Taxifahrer sah sie über den Rückspiegel an. Sie schob ihren Rock zurecht und fühlte sich ertappt.

## Bruch in der Biografie

Die Frau organisierte das Sommerfest, zu dem auch der Flötenspieler kommen würde. Es bereitete ihr größtes Vergnügen, Feste auszurichten. So richtete sich alles nach außen und der oft ermüdende Blick ins Innere hatte Urlaub. Sie konnte aufkochen in allen Farben und tagelang ihre Gedanken lustvoll auf die Vorbereitungen lenken. Wenn sich störende Gedanken aufspielten, konnte sie sagen: »He, ich habe zu tun!«, und sie somit stehenlassen.

Sie musste für die Planung kaum ihr Haus verlassen und zu Hause fühlte sie sich immer am sichersten. Diese Sicherheit war Voraussetzung dafür, dass sie über sich hinauswachsen konnte, und sie liebte es, über sich hinauszuwachsen. Sie war gierig danach, in diesen kreativen Fluss zu gelangen, der einen mitriss und glücklich machte, und immer aufs Neue erfreut über die eigene Begeisterungsfähigkeit, die sie dann überkam. Sie schaffte es mit Leichtigkeit, etwas zu erschaffen, sobald sie sich der Welt und ihren Anforderungen gewachsen fühlte. Eine Atmosphäre von einzigartiger Behaglichkeit für die Gäste erschuf sie und lukullische Sinnesfreuden.

Während all der Vorbereitungen dachte sie dieses Mal allerdings weniger an die Behaglichkeit, sondern nur an den Flötenspieler. Sie summte unentwegt. Wer hätte nach ihrer ersten Begegnung ahnen können, wie spannend dieser Mann war.

Er war in die Stadt gekommen, um im hiesigen Ensemble zu spielen. Sie hatte ihn kennengelernt, als sie zeitgleich beim Psychiater gewesen waren. Er hatte am Wasserspender gestanden und sich mit den Plastikhebeln der Wasserhähne geplagt. Als sie ihm zu Hilfe gekommen war, hatte er sie schroff angeherrscht: »Danke, aber ich brauche Ihre Hilfe nicht. Ich mag zwar verrückt sein, bin aber kein Idiot.«

Die Ordinationshilfe hatte mahnend über den Rand ihrer Brille zu ihm geblickt: »Hier sind alle verrückt, aber doch einigermaßen höflich.«

Gleichzeitig hatten sie die Ordination verlassen. Als er ins Freie getreten war, war knapp vor der empörten Frau die schwere Eingangstüre ins Schloss gefallen. An der Straße hatte die Frau dem Mann zugerufen: »Es gibt auch verrückte Idioten!«

»Ja, das ist sehr wohl möglich«, hatte der Mann abwesend gemurmelt.

Da hatte sich die Frau augenblicklich fürchterlich gefühlt. »Obwohl«, hatte sie daher versöhnlich hinzugefügt, »jetzt erscheinen Sie mir plötzlich ganz friedlich. Also doch bloß verrückt.«

»Hmm«, hatte der Flötenspieler gebrummt.

Ein Judasbäumchen blühte. Das einzige Bunte an diesem Tag.

Ein weiteres Mal begegneten sie sich zufällig, da war es schon warm geworden. Und als der Löwenzahn seine Schirmchen auf Reisen schickte, da schlenderte die Frau über den Marktplatz. Sie streifte mit ihren Händen über die Blumen und sog den betörenden Duft über ihre Handflächen ein. Ringelblumen und ihr eigenartiger Geruch, der sie an den Duft von Cannabis erinnerte. Wie konnte das denn sein, dass ihre Hand diesen Duft aufnahm und wieder abgab? Zauberhände. Und wohin verschwand ein Duft, wenn er sich in der Luft aufzulösen begann? Düfte, sie verwandelten augenblicklich ihre gesamte Umgebung. Eine unsichtbare Kraft, die Erinnerungen heraufbeschwören konnte. Eine unverwechselbare Mischung aus Suppenwürze, kaltem Rauch, Hand- und Schuhcreme, und ihre Großmutter war – schwups – wieder auferstanden von den Toten. Man konnte sich Menschen sowie Stimmungen herbeizaubern, allein mit dem richtigen Duft. »Da gibt es bestimmt jede Menge unentdeckter olfaktorischer Naturtalente unter uns«, überlegte sie. Aber wie erkennt man ein solches Talent? Man würde doch nicht darauf achten, ob sein Kind dafür eine besondere Begabung hatte. Wie entsetzlich auch, wenn man nun ein großes Sprachtalent war mit überdurchschnittlichem Sendungsbewusstsein, aber stotterte. Entdecktes Talent allein genügte auch nicht. Alles musste zusammenpassen. Die Frau schlenderte weiter.

Oft spielte sie sich an den Rand ihrer sensorischen Wahrnehmungen und dachte: »Und jetzt an diesen Rand einen weiteren Rand hinzufügen. Das wärs!«

Jetzt sah sie den Flötenspieler am anderen Ende des Platzes. Er lehnte an einem Stehtisch, ein Bein angewinkelt über das andere geschlagen. Hastig verschlang er eine Wurstsemmel, dabei blätterte er gelangweilt durch eine Zeitung. Rasch blickte sie weg, denn sie wollte ihn nicht in Verlegenheit bringen. Würde er sie bemerken, wäre ihm womöglich im selben Augenblick sein gieriges Essverhalten bewusst. Sie konnte es nicht leiden, Menschen zu ertappen. Die Verlegenheit anderer schmerzte sie.

Sie kaufte sich regionale Kirschen um ein kleines Vermögen und naschte sie genüsslich. Duft sowie auch Geschmack konnten einen an Orte versetzen. Der Geschmack der süßen Früchte verfrachtete sie zu ihren Freunden, den gastfreundlichen Amseln, auf den Kirschbaum ihrer Jugendzeit im elterlichen Garten.

Damals hatte sie sich eine Krone aufgesetzt, den ganzen Juni über im Kirschbaum gesessen und mit den Amseln geplaudert, die mit ihr schimpften und gar nicht einsehen wollten, dass ein Menschenkind sich einfach mit Hilfe einer Leiter Zutritt in ihren Baumwipfel verschaffte. Sollten die Menschen doch bleiben, wo sie hingehörten. Sie erklärte den lamentierenden Vögeln, dass sie da unten aber auch nicht hingehörte, und das sahen die Amseln dann ein. Im Juli stieg sie wieder vom Baum. »Endlich ist die weg«, sagte eine der Amseln, die sich weiterhin gestört gefühlt hatte von dem Mädchen, viel zu hoch oben in der Baumkrone.

Amseln hielt sie für die unterschätztesten Sänger unter all den Vögeln. Nichts war schöner, als in der Abenddämmerung einer Amsel bei ihrem Konzert zuzuhören. Dabei war ihr Geträller bloßes Revierverhalten. Wer noch in der Tierwelt lässt sich wohl von schönem Gesang aus einem Revier vertreiben? »Oh, wie der Kollege hübsch singen kann!«, denkt sich ein eingeschüchterter Rivale aus dem Nachbarsgarten, lauscht ein wenig und wagt sich vor Ehrfurcht um keinen Flügelschlag näher heran. Ja, so musste es wohl sein. Wie schön, wenn der Mensch sich auch auf diese Weise andere Menschen vom Leibe halten könnte, anstatt mit Gewaltandrohungen.

Jemand stupste sie plötzlich von hinten an. »Schmeckt's?«, fragte der Flötenspieler ganz dicht an ihrem Ohr.

Die Frau drehte sich zu ihm, und so brachte er sie sogleich in Verlegenheit. Denn der süße Kirschsaft rann ihr vor Schreck links und rechts aus dem Mund. Ganz nahe bei ihr stand er nun, der Flötenspieler. Ein angenehmer Schauer machte sich bemerkbar. Die Frau wischte sich hastig mit dem Ärmel den Mund ab. »Kirschen«, sagte sie, »muss man im Juni essen, bis man platzt. Denn wie sonst kann man es den Rest des Jahres ohne sie aushalten?«

»Das ist doch aber das Schöne daran. Die Phänologie in unseren Breiten, die ist schon etwas Herrliches. Vorfreude rund ums Jahr.« Der Flötenspieler war in guter Laune und ohne knorrige Attitüde kaum wiederzuerkennen.

»Die ... was?«, dachte sich die Frau, doch sie nickte bloß überschwänglich.

»Da Sie mir schon über den Weg laufen, möchte ich die Gelegenheit nutzen, um mich bei Ihnen für mein Benehmen damals beim Arzt zu entschuldigen«, sagte er. »Bitte verstehen Sie, ich hasse es, dass ich da hingehen muss und alles, was damit zu tun hat. Sogar den Wasserspender hasse ich abgrundtief, wie Sie unerfreulicherweise mitbekommen mussten«, erklärte er ihr.

»Ich bin überrascht, dass Sie sich noch an mich erinnern. Sie haben einen sehr abwesenden und verstörten Eindruck auf mich gemacht.« Schon war sie ihm zu nahe getreten, das konnte sie an seiner Mimik ablesen, und so fügte sie rasch hinzu: »Hassen ist aber ein großes Wort für einen unschuldigen Wasserspender. Seien Sie doch künftig etwas gnädiger mit Wasserspendern. Die tun doch nichts weiter, als Wasser zu spenden.«

»Ja, da haben Sie wahrscheinlich recht. Ich war ungerecht zu ihm. Womöglich kann er mit solchen Anfeindungen schlecht umgehen.«

»Natürlich. Sonst wäre er wohl nicht beim Psychiater gelandet.«

»Stimmt«, meinte der Flötenspieler, umgeben vom Glanz der Fröhlichkeit.

»Vielleicht sollten Sie das Gefühl einfach überwinden, sich als Versager zu fühlen, nur weil sie psychiatrische Hilfe in Anspruch nehmen müssen. Dann bräuchten Sie Ihren Frust darüber nicht an anderen auszulassen.« Schon wieder war sie etwas zu weit gegangen.

»Aha, eine Küchentherapeutin!«

»Ja, danke. Und auch eine Küchenphilosophin, wenn Sie so wollen. Und überhaupt sehr geschickt in der Küche.«

»Soso. Es war mir gar nicht bewusst, dass ich mich für einen Versager halte. Aber wenn Sie das sagen, wird es wohl so sein. Obwohl ... Sehr viel wahrscheinlicher ist doch, dass es mir schlicht und ergreifend schade um meine Zeit ist.«

»Nun, die Wahrheit liegt immer dazwischen.«

»Wie auch immer ...«

»Es ist doch nichts dabei, der Wahrheit ins Antlitz zu blicken.«

»Und wozu sollte das denn gut sein?«

»Na, das Unterbewusstsein behält sonst die Kontrolle über einen. Ganz einfach.«

»Hm.«

»Nun, wenn man die Kontrolle über sein Leben wieder erlangen möchte, dann sollte man als Erstes damit anfangen ...«

»Ich werde es mir hinters Ohr schreiben«, unterbrach sie der Flötenspieler. »Darf ich Sie jetzt auf ein Wasser einladen oder nicht? – Eines aus einem echten Glas und mit Wasser aus einem echten Wasserhahn?«

Und so saßen sie und tranken viel Wasser, und als sie am Abend noch immer Wasser tranken, da hatte die Frau Bauchschmerzen wegen der vielen Kirschen und des vielen Wassers. Da wusste die Frau auch schon, dass er ein Flötenspieler war, dieser launische Mann. Und sie wusste schon, dass der Flötenspieler seine Frau verloren hatte. Erst kürzlich. Das war ihm voll und ganz bewusst, zu jeder Minute des Tages und nachts, wenn der Schlaf auf sich warten ließ. Es war der monumentale Zusammenbruch in seiner Biografie. Ihr Zusammenbruch lag schon Jahre zurück.

## *Der Holländer*

Der Holländer und sie hatten sich am Gletscher kennengelernt. Sie absolvierten mitten im Sommer einen Lehrgang zum Skilehrer. Erst gegen Ende des Kurses war er ihr aufgefallen, seine zurückhaltende Art. Er und sein Freund gaben sich nicht sonderlich interessiert an den Teilnehmern des Lehrganges und blieben gerne unter sich. Erst am letzten Abend schlossen sie sich der Gruppe an, um im Dorf gemeinsam den Abschluss zu feiern. So kamen sich die Frau und der Holländer näher. Das war so lange her, dass dazwischen ein ganzes neues Leben lag.

Beide standen sie nun da, jeder mit einem Hammer in der Hand, als Gewinner am Holzblock, in den man Nägel einschlug. Wer danebenhämmerte, musste trinken und schied sofort aus. Wer den Nagel versenkte, hatte gewonnen. So ging es reihum, die ganze Nacht im Kreis. Es wurde gehämmert und getrunken.

Die beiden bemerkten spät, dass der Rest der Truppe bereits in die Unterkunft zurückgekehrt sein musste, derart vertieft waren sie ins Versenken der Nägel und in die Gemeinsamkeit.

»Verdammt, wie kommen wir denn nun zurück?«, fragte sie den Holländer.

»Autostopp«, sagte er.

Sie stellten sich an die Straße und warteten. Die Bundestraße war um diese Zeit kaum frequentiert.

»Niemals denke ich etwas zu Ende«, beschwerte sie sich über sich selbst und fror.

»Aber das ist doch das Lustige daran«, sagte der Holländer. »Wenn man zusieht, was mit einem passiert. Man begibt sich eine Ebene höher und beobachtet sich dabei.«

Und in diesem Moment kam ein Wohnmobil um die Kurve.

»Siehst du, lustig!«, sagte der Holländer. Und sie beobachteten sich dabei, wie sie einstiegen.

»Ihr könnt mitfahren, aber ihr müsst hinten aufs Bett. Hinlegen und Schuhe ausziehen, und wehe, ihr kotzt«, sagte der Reisende. »Als ich so jung war wie ihr, war ich auch per Autostopp unterwegs«, schwelgte er noch vor sich hin, aber der laute Motor verschluckte bereits seine Stimme.

So lagen sie also mit Socken auf der Liegefläche des Wohnmobils und fuhren durch die Finsternis. Ihre Fingerspitzen berührten sich zart und dabei geschah in dieser Nacht, die sich bereits zum Tage hinneigte, noch ein Wunder. Es war die mystische Unterhaltung zweier junger Seelen, die einander ihr Leben erzählten, reduziert auf Wesentliches. Ein verbaler Austausch in derselben Sprache, einer Sprache, die nur die beiden verstanden.

Eine tiefe Verbindung, ein Verstehen und ein warmes Verständnis füreinander und eine übergroße junge Liebe. Sie besprachen viel auf dieser Fahrt. Sie benannten und erkannten dieselben Sehnsüchte und Hoffnungen und Erwartungen an ihr junges Leben.

Sie fühlten und fürchteten dieselben Ängste und Leidenschaften. Sie schwärmten im Allgemeinen und im Konkreten über Musik und die Zauberkraft der Melodien.

Das alles geschah in zwanzig Minuten. Sie wäre in diesem Wohnmobil mit diesem Holländer auch gerne um die ganze Welt gefahren. Wenn etwas richtig ist in der Liebe, ist alles ganz leicht.

Später im Sommer trafen sie sich auf der Alm wieder. Da lagen sie mit Bergschuhen, Schulter an Schulter an den Rücken einer gemütlich widerkäuenden Kuh gelehnt, auf einer Weide in sternenklarer Nacht. Die Glut des Lagerfeuers tanzte ihre wilden Tänze, schlängelte und zischte. Sie schwoll an und nahm sich wieder zurück in roter und blauer und weißer Farbe. Aber es war ein zweckloser Tanz um die Aufmerksamkeit der beiden. Sie schauten in den Sternenhimmel, in die Unendlichkeit, und erzählten und machten Pläne für ihr junges Leben. Beide ließen sich in großer Vertrautheit nach innen fallen. Am Tag zischten ihre heißen Füße im eisigen Bach und mit gereckten Hälsen richteten sie ihre gebräunten Gesichter mit allen Sommersprossen in die warme Sonne.

Im darauffolgenden Winter verabredeten sie sich erneut. Sie verbrachten ein paar Tage im Schnee, gaben sich dem Rausch ihrer Liebe und dem der Geschwindigkeit hin, stürzten sich aufeinander und auf Skiern ins Tal. Ihre letzte Abfahrt, sie war die wildeste, endete mit einer weiteren Verabredung im Februar. Doch die hielt er nicht ein, der Holländer.

Er starb am Tage vor dem vereinbarten Wiedersehen, erstickt unter einer Lawine. Wie laut so ein weicher Schnee doch ist! Getöse und ein Dröhnen, ein Krachen und ein Sturmwind, den die Lawine vor sich hertrieb. Die alles erfassende Wucht, Urgewalt, lärmende Walze, brennender Schmerz, der Schock und die Ohnmacht, dann nur noch Stille. Unerträgliche Stille, fast wie Hohn. Davor und danach liegt die Ewigkeit. Dazwischen lag ein viel zu kurzes Leben.

Nach dem Wassergelage lud der Flötenspieler die Frau zu seinem nächsten Flötenkonzert ein. Sie verabschiedeten sich und schwappten nach Hause.

»In mir plätschert es wie in einem Wasserbett«, dachte die Frau und stöhnte ein bisschen.

Konzertkarten für die erste Reihe hatte der Flötenspieler für sie zurücklegen lassen. Die besondere Art, wie er sein Instrument hielt, wie er es spielte und wie er der Flöte die Töne entlockte, versetzte sie in Erstaunen. Er spielte nicht, er wurde selbst zu Musik. Er verschwand dabei ganz von der Bühne. Es war das erste Mal, dass sie ihn spielen hörte, und das erste Mal, dass Flötenmusik sie so verzauberte. Sie verstand nun die Mystik der Flöten. Egal, ob Mozarts Zauberflöte, die Flöten aus den Märchen und Sagen, der Schlangenbeschwörer oder der Flöte spielende Gott Krishna. Die besondere Bedeutung der Flöte ergab plötzlich Sinn.

Im Anschluss an das Konzert schlenderten sie gemeinsam durch die Altstadt und landeten in einer Bar.

Der Flötenspieler war belesen und klug und die Frau fühlte sich davon angezogen, doch gleichzeitig ärgerte sie sich ein wenig darüber. »›Alles geben die Götter, die unendlichen, ihren Lieblingen ganz ...‹«, dachte sie.

Die beiden unterhielten sich über den Goldenen Schnitt in der Natur. Der Flötenspieler erklärte ihr die Fibonacci-Spirale. Ein strenges mathematisches Additionsgesetz, ein Bausatz, dem die Natur folgte und der überall auftauchte, wohin man blickte: vom Schneckenhaus angefangen über die Blattanordnung in der Botanik. Mathematik auf der Blumenwiese. Auch die Anatomie des menschlichen Körpers unterlag diesem geometrischen Prinzip, dem Goldenen Schnitt. Sie suchten nach Beispielen von Spiegelsymmetrien, denen sich Natur, Kultur und Technik unterwarfen. Fibonacci-Zahlen fand man im Instrumentenbau, um dem Resonanzkörper einen besonderen Klang zu entlocken. Melodien waren erst klar und konstant, wenn das Schwingungsverhältnis der Frequenzen stimmte. Kompositionen von Béla Bartók bedienten sich ebenso der Fibonacci-Folge. Geometrie und Mathematik, wo man nur hinsah, auch wenn man das nicht wahrhaben wollte als Mystikerin.

Der Flötenspieler erzählte der Frau Anekdoten von seinen zahlreichen Reisen. Er erzählte von Syrien, wo Damaszener ihre Schlüsselanhänger beim Bäcker zurückließen, anstatt selbst auf ihr Brot zu warten. Währenddessen gingen sie lieber Anistee trinken oder besorgten Lorbeerseife für ihre Frauen. Ach, du unseliges Syrien! Er erzählte voller Begeisterung von alten Liebesliedern, die schon vor der Geburt Christi entstanden waren, und von den letzten Resten dieser Schriften, die erst im vergangenen Jahrzehnt auf Einwickelpapier von Mumien entdeckt worden waren.

Die Frau hing an seinen Lippen. »Wo hast du das denn gesehen?«, staunte sie.

»In Köln«, meinte der Flötenspieler platt.

Sie empörten sich beide über die Überreglementierungen der Regierungen, die den Menschen kein Mitdenken mehr zutrauten: Bürger wurden zunehmend vom »*Zu*trauensgrundsatz« ausgenommen.

»Gelungenes Wortspiel!«, fand er vergnügt.

Sie staunten über die wundersame Metamorphose, die ein Mensch während seines Lebens aufgrund seines Berufes durchlief, und versuchten zu erraten, welche Vertreter welcher Berufsgruppen um sie herum in der Bar waren. Sie waren sich einig, dass man einen Sticker, Kürschner, Säckler oder Weber selten kennenlernte, und wenn einem einer vorgestellt werden würde, dass man gerne mehr über diese Person erfahren wollte als über einen Steuerberater.

Und sie sprachen auch über andere seltene Berufe, und wieder dachte und erwähnte die Frau, dass es zu bedauern war, dass die meisten ausgefallenen Talente mit sehr großer Wahrscheinlichkeit ein Leben lang unentdeckt blieben. Es müsse doch ein Vergnügen sein, wenn man die Gabe dazu hätte, genau diese Talente in jedem Menschen zu lesen wie ein Hexer oder eine Zauberin. Man würde auf offener Straße auf die Menschen zugehen und sagen: »Entschuldigen Sie bitte, aber ich erkenne, dass Sie überdurchschnittlich begabt sind für die Blasrohrjagd.«

Sie kicherten und fanden alles witzig, so wie Kinder, die sich über Neuartiges lustig machten. Zu kichern wie Kinder, sich selbst ganz unverfälscht nahe zu sein. Die Ausgelassenheit machte die Frau froh und sie fühlte sich jung. Schon ewig hatte sie keine so vergnügliche und anregende Unterhaltung geführt. Ihr wurde schlagartig bewusst, wie sehr sie das vermisst hatte. Vor allem diese Vertrautheit, die sich durch eine gute Unterhaltung automatisch einstellte. Sie seufzte beglückt und fragte, ob er es nicht auch schön fände, einmal wieder etwas aus der Bahn zu geraten. Da meinte der Flötenspieler vehement: »Nein, eher möchte ich schleunigst wieder auf Schiene«, und wurde dabei ernst. Das machte sie verlegen und so wechselte sie rasch das Thema.

Aber es war zu spät. Ihr war bereits klar, was sie angerichtet hatte. Der Flötenspieler war augenblicklich nicht mehr vergnügt.

Es war schon sehr spät geworden und er begleitete die Frau noch ein kleines Stück. Sie redeten nicht mehr, sondern hörten einander schweigend zu. Zum Abschied sagte der Flötenspieler: »Das war nett. Irgendwie scheint es, als hätten wir dieselben Desinteressen.«

Die Frau wusste nicht, wie das gemeint war. Sie hatte nur diese angenehme Verbundenheit gefühlt. So etwas glich einem gemeinsamen Tanz, einem *Reso*tanz quasi. Aber diese Vertrautheit, die fühlte sie bestimmt nicht aufgrund von Desinteressen.

Schon in dieser Nacht träumte die Frau das erste Mal vom Flötenspieler.

In diesem Traum bin ich es, die Flöte spielt. Ich blicke auf die Noten, doch das Notenblatt ist leer. Nur die jeweils zu spielende Note erscheint und verschwindet vor dem Erscheinen der nächsten Note mit einem »Plopp«, wie eine Seifenblase. Kaum ist eine Note da, ist sie auch schon wieder verschwunden. Ich hab allergrößte Mühe, im Traum der Musik zu folgen. Ich versuche, die Noten einzuholen, aber sie sind immer schneller. Es ist ein Hinlangen nach der Musik, und ich selbst, mit Beinen schwer wie Blei am Parkettboden des Konzertsaals festgehalten, komme nicht vom Fleck, kann ihnen nicht nachspringen. Die Musik scheint mir zu entgleiten. Am Ende des Konzertes stürme ich voller Erregung auf den Flötenspieler zu und schildere ihm die wilde Verfolgungsjagd. Dabei plappere ich aufgeregt und voller Leidenschaft über mein Flötenspiel. Der Flötenspieler reißt mich aus meiner lebhaften Schilderung, indem er mich am Arm packt und gegen die Wand drückt. »Das hier ist kein Spiel, sondern ein Konzert. Verstehst du das?«, knurrt er ernst und lässt von mir ab. »Und was jetzt? Gehen wir etwas essen?«, fragt mich dann der Flötenspieler. »Ich habe nach einem Konzert immer Hunger, ich könnte ein Pferd verdrücken.«

Als die Frau aus ihrem Traum erwachte, war ihr klar, wie sehr sie die Musik begreifen wollte und wie der Flötenspieler sie viel zu sehr begriff. Das Gefühl der Verbundenheit war aber abgeflaut. Sie dachte: »Dieser Flötenspieler ist so erwachsen und ernst. Wo steckt bloß das verlorengegangene Kind in ihm?«

Die kleine Hausmaus sagte zur Frau: »Warte es ab. Das war erst der Anfang.«

Zum Sommerfest hatte der Flötenspieler seine Flöte tatsächlich mitgebracht. Es herrschte strahlendes Sommerwetter. Die Gäste unterhielten sich vergnügt und ließen sich kulinarisch gerne verwöhnen. Die Frau lief umher, sah nach dem Rechten und hielt alle Gespräche freundlich, aber kurz. Der Flötenspieler stand im Schatten eines Baumes, aß die Häppchen vom Buffet viel zu schnell, als dass er sie hätte genießen können, wirkte aber zufrieden.

»Du bist heute scheinbar in allerbester Laune«, sprach sie ihn über die Schulter hin vergnügt an.

»Das täuscht«, sagte der Flötenspieler.

Die Frau schnappte sich seine Sonnenbrille, um in seine Augen blicken zu können. »Nein, tut es nicht«, sagte sie dann und steckte sich seine Brille in ihr Haar.

In der Mitte des Parks war eine Feuerstelle gerichtet. Darüber hatte die Frau einen Kessel gestellt, gefüllt mit Wasser, in dem Lavendelblüten schwammen. Ihr Duft hüllte die ganze Wiese ein.

Als alle Gäste gegangen und alle Amseln schon fertig waren mit ihren Verteidigungshymnen, da war es der Flötenspieler, der noch auf der Wiese neben diesem Kessel saß. Er spielte auf seiner Flöte so wunderschön, dass sich die Amselmänner innerlich fürchterlich aufregen mussten. Sie empörten sich so sehr über die Schönheit der Melodie, dass sie gleich ein paar Bäume weiter auf noch etwas mehr Abstand gingen. Die Frau aber kam näher, streifte ihre Schuhe ab und ließ dann ihre müden Füße durchs feucht gewordene Gras wandern. Sie lauschte gebannt der Melodie der Flöte.

Das Flötenspiel war von süßer Melancholie. Die Töne schwebten weich ins Innere der Frau und wiegten sie sacht. Der Flötenspieler war mit der Musik in sich hineingefallen und verschwunden, aber sein Spiel war bei ihr geblieben und umtanzte und umwarb sie. »Verrückt«, sagte sie nach einer Weile. Es war das zweite Mal, dass sie ihn spielen hörte. Wieder empfand sie eine tiefe Vertrautheit und Zuneigung.

Der Flötenspieler öffnete seine Augen und war nun wieder anwesend. Seine traurigen Winteraugen waren gefüllt mit Tränen, fast zum Überlaufen voll. »Ja«, sagte er, »man kann es nicht anders nennen.«

»Dein Spiel hat mich so berührt«, sagte die Frau.

»Ich habe nicht für dich gespielt«, sagte der Flötenspieler. »Es war ein leiser Abschied. Liebe hat einen hohen Preis. Sie ist nicht verhandelbar. Sie lässt nicht mit sich diskutieren. Sie ist alles. Sie ist die Essenz und sie ist sich dessen bewusst. Sie lässt es nicht zu, wenn man sie verbiegen will. Sie hört sich dein Jammern nicht an. Sie kümmert sich nicht um dich und nicht um den Tod.«

»Das weiß ich doch«, sagte die Frau leise.

Dann zog er weiter. Die Frau blieb zurück und auch seine Brille. Die Träume fingen gerade erst an.

# *Töne im Kopf*

Es war Winter geworden. Die Frau legte sich schlafen, die Schultern hochgezogen bis zu den Ohren. Draußen klirrte die Kälte und sie fühlte sich steif gefroren, ohne zu frieren. Kaum hatte sie die Schultern wieder entspannt, brauchte es nur ein kurzes Weilchen, da hatte sie sie wieder unbemerkt nach oben gezogen. »Meine Schultern lassen mich hängen, indem sie sich nicht hängen lassen«, dachte sie.

Da ließ ein heranbrausender Windstoß eine der Fensterscheiben klirren und sie kuschelte sich noch fester in ihre Bettdecke. Sie stellte sich vor, sie wäre umhüllt von Schnee und nun müsse sie nur noch auf den Frühling warten. Der würde sie mit der Schneeschmelze wieder freigeben, so wie die ersten Frühlingsknotenblumen.

Aber am nächsten Tag war es noch nicht Frühling geworden. Sie schlüpfte in die Holzpantoffeln und stapfte zum Vogelhaus. »Ihr zwitschert und macht euch einen Spaß, als ginge euch der Winter nichts an«, sagte sie zu den Haubenmeisen und den Kohlmeisen, zum Erlenzeisig, zu den Grünfinken und dem eitlen Stieglitz, der sich selten blicken ließ. Ein kleiner Trupp von Schwanzmeisen machte kurz seine Aufwartung. Deren weiße Köpfchen fand die Frau zu niedlich. »Und wohin hat es das Rotkehlchen heute verschlagen? Die Körner schmecken immer besser bei den Nachbarn, nicht?« Aber da kam das Rotkehlchen zugleich mit den Buchfinken und sie ließen freundlich vom Zaunkönig grüßen.

»Ich komme mir vor wie das Schneewittchen«, dachte sie vergnügt.

In Wahrheit mochte sie aber das Schneewittchen nicht sonderlich, weil sie der Meinung war, Märchen stellten das Gute und das Böse zu wenig differenziert dar. Sie fand, dass Schönheit es gewohnt war, ohne jedes Zutun jedermanns Sympathie zu erlangen. Und wie einen glänzenden Pokal trug man sein Schönsein vor sich her, dabei war es weder Verdienst noch Tugend. Sie hatte sich schon eigene Geschichten ausgedacht. Biografien der bösen Schwestern, der Stiefmütter und der Hexen, um zu ergründen, wo ihre Boshaftigkeit herrührte. Sie war sich sicher, durch Aufarbeitung der schlimmen Erfahrungen unter professioneller Anleitung wären im Grunde alle nett. Die herzliche Freundlichkeit der schönen Prinzessinnen allerdings, der die Widrigkeiten des Lebens nichts anhaben konnten, kam ihr suspekt vor. Entweder waren sie alle doof oder vollkommen unsensibel. In ihrem Märchen würde der Zauberspiegel der bösen Stiefmutter Folgendes sagen: »Wer die Schönste im ganzen Land ist? Möchtest du das wirklich wissen? Wozu denn? Das interessiert doch keine Sau.« Und Schneewittchen hätte sehr wohl eine Karriere außerhalb des Königreiches, aber nicht als Haushaltshilfe. Und der Jäger würde der bösen Stiefmutter sagen: »Ja, ich kann das Schneewittchen schon kaltmachen, aber das wird deine Probleme gewiss nicht lösen. Du musst schon lernen, dich so zu lieben, wie du bist, und nicht Jugend und Schönheit verherrlichen. So werde mal erwachsen! Mach doch was Nützliches! Etwas, was der Menschheit dient. Das kann sehr erfüllend sein.«

Sie zog sich ihre dicken roten Wollsocken über, schnappte sich ein Buch, legte sich auf ihre Bettbank. Im Hintergrund lief ein Klassik-Podcast. Sie war gerade vollends in ihre Lektüre vertieft, da lenkte die Pauke ihre ganze Aufmerksamkeit auf sich. Sie ließ ihr Buch sinken und schloss die Augen. Die Musik begann zu zaubern und ließ Sehnsüchte in ihr aufsteigen. Auf einmal spürte sie einen inneren Wunsch, dieser Sehnsucht nachzugehen. Es war kein triebhaftes Verlangen, denn der Trieb, fand sie, war nur ein dringendes und einfaches Bedürfnis. Was sie aber empfand, das war ein Wunsch, ein fixer Gedanke, alle Empfindungen zu fühlen, die sich unter der Schicht der Erregung befanden. Sie wollte das erleben. Eine Art von kreisförmiger Liebe anstelle von Bildern linearer Bewegungen. Sie spürte und sah eine Energie, die nicht nach außen, sondern nach innen ging, die das »Ich« in den Vordergrund rückte. Sich selbst am nächsten zu sein, um sich als über die Norm empfindsame Person wahrhaftig zu spüren. Sie selbst würde in ein Verhältnis gerückt, das sich nur mehr zu sich selbst verhielt. Ihr Körper und ihr Geist würden sich vereinen, durch die mystische Verschmelzung mit der Musik. Das musste göttlich sein. Sie wollte sich als einen sprudelnden Quell, eine musische Inspiration fühlen.

Da malten die Töne schon Bilder im Kopf. Es war Magie, und die erzählte ihr von der Kraft, von Geschrei, berauschter Ausgelassenheit, von Wehmut und sanften Nächten, von Wiedergeburt, von Lust und Sinnlichkeit, und am Ende legte sie das Buch zur Seite und berührte sich selbst. – Was war das für eine *orgasmische* Musik gewesen? Als sie darüber nachgelesen hatte, war sie amüsiert. Eine Symphonie von Ottorino Respighi, die von stolzen Pinien handelte. Die Geschichte, die sie so erregt hatte, erzählte von der einsamen Wacht der Pinien in der tragischen Landschaft der römischen Campagna. Die Paukenschläge, die ihren Puls zum Wallen gebracht hatten, läuteten das Erscheinen des Konsuls ein. Unter dem Klang der alten Buccinen zog er im Glanz der warmen Sonne im Triumph auf das Kapitol zu. Ihr Klang steigerte sich kraftvoll zum Ende hin. Jede Vibration des Schlages berührte sie erst sanft, dann immer heftiger und wilder, bis zum Höhepunkt. »So wirken die starken Kriegshelden bis ins Heute auf die Frauen«, dachte sie und gestand sich damit ihr Verlangen nach heißer, krautiger Sommerluft und heißen Männern ein. Sie fand das erregend, obwohl sie Pazifistin war.

Sie dachte plötzlich an den Flötenspieler und fragte sich, warum er auf sie so eine männliche Ausstrahlung hatte. Er spielte Flöte und schlug keine Pauke und er schlug nicht mit dem Schwert. Seine Schlacht fand in seinem Inneren statt. Sie wünschte, sie würde ihn wiedersehen.

## *Schwitzhütte*

Später, im Frühsommer, schrieb der Flötenspieler: »Ich bin auf der Suche nach dem Zauber meiner Flöte. Habe ich ihn bei dir gelassen?«

»Ach, du zerstreuter Flötenspieler«, antwortete die Frau, »deine Sonnenbrille ist auf jeden Fall hier. Ich habe von dir geträumt.«

Keine Antwort, kein Nachfragen. Seine Annäherung war ein Feuerwerk, aber die Finsternis danach war ohne Vermächtnis.

Die Frau mochte den Frühsommer am liebsten. Doch dieses Jahr wollte und wollte sie sich nicht erwärmen. So beschloss sie, sich eine Freude zu machen. Sie fuhr aufs Land, um an einem Schwitzhüttenritual teilzunehmen. Die bunte Gruppe von Althippies und jungen Parawissenschaftlerinnen, die sich dort zusammengefunden hatte, amüsierte die Frau.

Es wurde Gemüse geputzt für die Suppe, die sie gemeinsam kochten und die im Anschluss an das indianische Ritual gegessen werden sollte. Der Hof war pittoresk und die Natur schien ringsum aufzuplatzen. Klatschmohn, Kamille und die Pfingstrosen standen in üppiger, barocker Blüte. Es summte und surrte, das Leben war unglaublich beschäftigt mit sich und hatte keine Zeit, sonderlich Notiz zu nehmen von diesen Menschen. Es wurden emsig Steine und schwere Äste aus der Umgebung zusammengetragen. Zwischendurch begegnete man sich im Wald und lächelte sich in geschwisterlicher Verbundenheit zu. Bald darauf wurde zum Einstiegsritual getrommelt. Alle standen erwartungsvoll im Kreis, und die Geister des Nordens, Ostens, Südens und Westens wurden beschworen.

Die Frau ließ sich zwar Grüße ausrichten von ihren Gartenvögeln und sie sah Geister und Gespenster, aber das tat sie nur, weil sie Lust darauf hatte. Sie glaubte nicht an Bachblüten oder an Homöopathie, aber sie mochte die Idee. Heilung durch Zuwendung. Genauso sah sie das mit ihrer Welt. Sie glaubte auch nicht an Elfen und Kobolde, aber sie mochte die Idee. Der Unterschied, fand sie, war der, dass ihre Wesen keine Krankheiten behandelten, sondern ihr Gemüt. Und *guten Gemütes* konnte sie sodann mehr ihren Selbstheilungskräften zutrauen als den weißen Kügelchen aus Milchzucker. Für Hokuspokus anderer Art, Religionen oder Aberglauben hatte sie nichts übrig. Aber sie ließ sich das hier nicht anmerken, aus Respekt vor der Schwitzhüttengemeinschaft, und außerdem wollte sie sich ernsthaft auf dieses Erlebnis einlassen. Im Rahmen ihrer Möglichkeiten zumindest. Aber in dem Moment, als sie beschloss, nicht arrogant zu sein, war sie es bereits.

Nachdem sich die Geister versammelt hatten, wurde noch reihum über spirituelle Angelegenheiten gesprochen und man vollendete den Schwitzhüttenbau, indem man das Gerüst aus den schweren Ästen mit Decken überzog. Dann wurden die aufgeheizten Steine, die davor im Feuer gelegen hatten, in der Mitte der Schwitzhütte aufgelegt. Alle Kleider wurden nun ausgezogen und einer nach dem anderen schlüpfte durch den Höhleneingang in die Hütte. Die Frau amüsierte sich über das Bild, das sie wohl abgeben mussten. »Jetzt kriechen wir alle nackt wie Opfertiere in den Schlund eines der Himmelsrichtungsgötter«, sagte sie belustigt zu dem Typen mit dem langen Schwanz und dem Zopf.

»Wenn jemand noch raus will, dann wäre jetzt eine gute Gelegenheit«, sagte der Häuptling freundlich. Daraufhin machte er die Luke mit einer Decke dicht. Da saßen sie voller Erwartung und schwitzten.

»Ich habe nicht bedacht, dass es in dieser Hütte kein Feuer geben wird, das etwas Licht spendet«, sagte sie erschrocken zu ihren Gedanken. Die heißen Steine knackten vor sich hin. Und mit einem Male fand sie das Bild als Opfertier nicht mehr sonderlich vergnüglich. Die Gruppe saß im Stockfinsteren um die heißen Steine, es wurde gemurmelt und gekichert. »Wenn ich jetzt hier raus will, dann muss ich im Dunkeln über alle nackten Körper klettern.«

Nach einigen endlosen Minuten begann sich Panik in ihr auszubreiten. Der Kopf pochte, sie bekam kaum Luft und sie presste ihren nackten Körper, so gut es ging, auf die Erde. Sie versuchte durch Scharren in tiefere Erdschichten zu gelangen und suchte mit den Fingern ein Loch zwischen Decke und Boden. »Der Häuptling ist ein wirklich exzellenter Schwitzhüttenbaumeister«, dachte sie verzweifelt. Sie fand eine kleine Ritze und atmete gierig die kühle Luft. Die Finsternis schützte sie vor Blicken, aber sie war gleichzeitig von derart gewaltiger Bedrohung, dass ihr der Atem stockte. Die Hitze, das absolute Dunkel, das surreale Gemurmel, das alles war wie ein Höllentrip. Sie stellte sich vor, wie sie in die Erde hineinkroch, um ganz im Planeten zu verschwinden. Es war paradox, denn es fühlte sich an, als wäre sie bereits vom innersten Kern der Erde verschluckt. Zusätzlich ließ die Finsternis ihre Bilder im Kopf verschwinden. Wie das Sinn ergeben sollte, war ihr nicht klar. Die brauchten doch eigentlich keine Beleuchtung. Es waren die Bilder, die ihr die Fantasie zeichnete, fast ohne Pause den ganzen Tag über, und sie liebte diese Bilder!

Bei allem Respekt vor der Parawissenschaft, sie konnte nicht länger durchhalten. Sie stieg über die nackten Körper hinweg und tappte im Finsteren in die Richtung, in der sie das Schlupfloch vermutete. Der nette Häuptling war auch ein gnädiger Mann und entließ sie durch den Ausgang in die Freiheit.

»Schön heiß da drinnen, gell?«, sagte ein Typ, der sich die Tortur von vornherein erspart hatte. Er lag in der Wiese, schaute in die Sterne und zog an einem Joint.

»Und du bist wohl wegen der dünnen Suppe hier?«, schnaubte die Frau.

Der Typ sah sie an. »Lange Beine hast du«, sagte er zugedröhnt und musterte sie von oben bis unten.

»Ja, und ich schaue aus wie ein Erdwurm und fühle mich auch so«, sagte die verdreckte Frau und stapfte davon, um ihre Kleider zu suchen.

Alle schlürften ihre geschmacklose Gemüsesuppe und redeten und keppelten und berichteten über ihre kostbaren Erfahrungen, neuen Erkenntnisse und wundersamen Eingebungen. Der Frau pochten noch immer die Schläfen. Ihr war jämmerlich zumute. Weder fühlte sie sich innerlich gereinigt noch hatte sie eine Vision gehabt oder eine Antwort, eine Erklärung der Naturgötter aller Himmelsrichtungen erhalten, für all das Elend auf dieser Welt. Sie fühlte sich deplatziert und schämte sich, dass es ihr nicht gelingen wollte, dieses spirituelle Schwitzen. Die echten Götter wollten sie offensichtlich nicht. Auch für die latente Überheblichkeit gegenüber der Gruppe schämte sie sich und wünschte sich mit einem Male nichts mehr, als eine von ihnen zu sein. Sie war so *seelenalleine* und wollte nur fort und wusste doch nicht, wohin.

Und wenn man nicht hier sein will und auch nicht woanders, dann möchte man doch am liebsten gar nicht sein.

Zu Hause beschwerte sie sich über ihre Einsamkeit bei den beiden Hausmäusen. Wahrscheinlich waren es viel mehr, aber sie kamen immer zu zweit. Sie hatte sie schon mehrmals aufgefordert, ihr Haus zu verlassen. Sie hatte sie mehrmals eingefangen und im Wald ausgesetzt. Immer wieder fanden sie den Weg zurück. Jetzt war sie froh, dass die beiden ihr auf die Nerven gingen mit ihrem Krach und sich wie selbstverständlich über ihre Vorräte hermachten. »Was hat sie sich auch dabei gedacht?«, schüttelte sich die eine Maus. Die etwas weniger kleine Maus entgegnete: »Solche Bemerkungen sind entbehrlich. Die Frau braucht Trost und niemanden, der alles besser weiß.«

»Wisst ihr, da drinnen hatte ich die schlimmsten Vorstellungen. Ich dachte an Hexenverbrennungen. Bilder von Toten entstanden im Kopf. Mit ihnen lebendig begraben, so habe ich mich gefühlt. Als müsste ich eine verdiente Strafe verbüßen. Ich überlegte, welche schlimmen Sünden meiner Urahnen an mir haften könnten. Ich fühlte mich, als wäre ich das Böse, das vermeintlich Schlechte, das zu bestrafen war. Als würde ein Fluch aus der Vergangenheit mich einholen. – Was für finstere Gedanken waren das gewesen? Woher kamen die denn? Was schlummerte da in meiner Seele? Meine mantischen Fähigkeiten sollten sich doch nur mit meinem Seelenfrieden befassen.«

»Hat sie ja doch eine spirituelle Eingebung gehabt, bloß keine gute«, sagte die eine Hausmaus.

»Ach, halt doch deine Klappe«, fiepste die weniger kleine Maus böse zurück.

## *Erinnerungen versiegeln*

Dann war wieder der Sommer da, die Zeit der tanzenden Glühwürmchen, und es kam tatsächlich wieder eine Nachricht vom Flötenspieler. »Du hast mich sicher schon vergessen.«

Ein Desaster ist ein Unstern. Das Wort kommt von »Astrum«, lateinisch »der Stern«, und disastro geht auf die Vorstellung einer unglücklichen Sternenkonstellation zurück. Chaos im All. Chaos ist im Griechischen aber das Gegenteil von Kosmos, was Ordnung bedeutet. Ordnung und Chaos, das passt doch nicht, irgendwie. Auf jeden Fall ist der unendliche Blick in die Sterne ein Blick in die Vergangenheit, denn was wir sehen, ist bereits vergangen, erloschen und erscheint uns noch dank der Langsamkeit des Lichtes. Es sollte Lichtlangsamkeit heißen und nicht Lichtgeschwindigkeit. Also Sterne: Blick ins Unendliche, in die Vergangenheit, ins Chaos und in die Ordnung und in die eigene Bedeutungslosigkeit. Und trotz dieser verstörenden Ansicht auf die Sachlage und die Sterne liebte die Frau den Blick in den Himmel.

Sie erinnerte sich an die Nacht mit dem Holländer unter dem Sternendach. Sie erinnerte sich an seinen Brief, den er ihr einst geschickt hatte. An den Rand des Briefpapiers hatte er kleine Bilder gezeichnet. Und sie suchte im Kopf nach dem Bild von ihnen beiden am Rücken der Kuh. Sie machte sich auf die Suche nach den alten Briefen. Sie suchte im ganzen Haus. Einmal, zweimal und spät in der Nacht noch ein weiteres Mal. Die Briefe in der roten Schachtel der Erinnerungen waren unauffindbar. Ihre Hände zitterten vor Wut und Fassungslosigkeit. Wo, zum Kuckuck, waren die Briefe hingekommen? Konnte es denn sein, dass sie in einem Anflug von quälender Sentimentalität alle Briefe vernichtet hatte, um so ihren Schmerz mit zu vernichten? Auch die Briefe, die sie an ihn geschrieben hatte, als er schon gestorben war, waren in der Schachtel gewesen. Sie hatte sie nie mehr gelesen, weil sie sich dafür schämte. Briefe an einen Toten. Wie jämmerlich. Vielleicht war es ein symbolischer Akt gewesen? Ein impulsiver, ritueller Abschied zum Zeichen. Eine Mahnung, den Blick endlich in die Zukunft zu richten. Das Unglück war schon so lange her. Wieso wusste sie es nicht mehr? Es war schon bald nicht mehr wahr. Erinnerungen sind sowieso keine Wahrheit, dachte sie. Sie sind nur mehr ein Mythos. Es war eine sophistische Täuschung, dass die sicherste Form von »Sein« die Vergangenheit war. Alles war verklärt und verzerrt. Wenn ihr Gedächtnis nicht einmal mehr rekonstruieren konnte, wo die Briefe waren, auf welche Bilder aus ihrer Erinnerung war noch Verlass? Jedes Mal im Geiste von Neuem durchlebt, war bestimmt ein Teil durch Geschichten ihrer Fantasie ersetzt worden. Wie lange müsste man wohl leben, bis auf die Art die Erinnerung die Geschichten ihrer Vergangenheit vollständig ausgetauscht hätte? Eine vollkommen neu erfundene Geschichte. Nichts gemeinsam mit dem

Geschehenen. Somit war die Vergangenheit doch völlig belanglos. Demnach müsste die Unendlichkeit die Vergangenheit auslöschen. Dann würde sich die Ewigkeit nur über die Zukunft ergeben, und alles Leben wäre nichts als eine Sternschnuppe, die aus dem Nichts ins Nichts fällt.

Müde vom vielen Denken war sie in ihr Bett gesunken. »Gute Nacht, ihr Gedanken«, sagte sie. Aber die schliefen bereits. Draußen im Garten tanzten noch immer vergnügt und unbekümmert die Glühwürmchen. In dieser Nacht träumte sie vom Flötenspieler und schrieb ihm:

### *Hügeltraum*

»In meinem Traum von heute Nacht sitze ich oben auf einem sanften Hügel. Ich sitze im trockenen Gras im Schneidersitz und ich trage ein langes Kleid. Der Rücken ist weit ausgeschnitten und der Stoff fällt sanft bis weit ins Kreuz. Da befindet sich eine Tätowierung. Es ist ein Begreifvogel. Die Leute des Dorfes steigen auf den Hügel hinauf zu mir. Sie steigen herauf, um mit mir zu reden. Sie gewähren mir Einblicke in ihr Leben und sie stülpen ihre Geschichten über mir aus und beuteln sich ab. Danach gehen sie wieder. Sobald sie weitergerückt sind und hinter Wegwindungen verschwunden, sobald sie zurückgekehrt sind in ihr volles Leben, wollen sie nichts mehr sehen von einer Welt in Trümmern. Sie haben augenblicklich zwischen sich und meinem Hügel dicht zugemacht. Sie verschließen ihr öffentliches Leben wieder vor mir. Alle rücken sie weiter, sobald sie mich verlassen, mich zurückgelassen haben. Die Einsamkeit auf diesem

Berg, sie tut mir weh, obwohl sie alle zu mir kommen. Einer nach dem anderen. Aber ich spüre nur, dass sie alle wieder gehen werden. Auch möchte ich nicht mit ihnen hinuntersteigen, nicht mitkommen ins kleine Dorf, in ihre vollen Häuser mit hohlem Lärm und schriller Lebendigkeit. Durch das Durchdenken meiner Erinnerungen, durch das immer wieder Zurückkehren meiner Gedanken in die Vergangenheit und auf demselben Pfad wieder hierher zurück, durch das rückstandslose Verwerten aller Erlebnisse, das Wiederauflebenlassen, fürchte ich plötzlich um den Streuverlust. Da stehst du vor mir und reichst mir ein Fläschchen. Es ist eine Existenz-Essenz, die meine Erinnerung versiegelt. Eine Essenz, die mich in mich selber, in meine eigene Form gießt und versiegelt. ›Kommt Sehnsucht von Suchen?‹, fragst du mich. ›Sehnsucht kommt von Siechtum‹, sage ich. Dann küsst du mich und deine Hand wandert meinen Rücken hinab, bis zum Begreifvogel.«

Der Traum behauptete, dass sie den Flötenspieler begehrte und dass sich ihre Vergangenheit und die Zukunft, mit dem Flötenspieler als Schnittstelle, irgendwie zu verweben begannen.

Der Flötenspieler schrieb zurück: »Wie? Du erfindest Wortspiele im Schlaf? Erstaunlich!«

Sie überlegte, ob sie darauf antworten sollte, aber sie ließ es bleiben. Was hatte das alles noch zu bedeuten? Ein Traum war eine Richtschnur, die unverfälschteste und reinste Geschichte, die einem das Unterbewusstsein erzählte. Er machte einem nie etwas vor. Träume erzählen und erzählen, bis man aufhört, sich selbst etwas vorzumachen. Es fühlte sich an wie Verrat, dass der Flötenspieler sich über die Bedeutung nicht äußerte und in seinem Leben scheinbar einfach alles weiterging, ganz ohne sie. Aber er wollte, dass sie ihn nicht vergaß.

## *Der Lieblingsmensch*

Die Frau saß zusammen mit ihrem Lieblingsmenschen und sie redeten über Schädlinge im Garten. Die Frau zerschnitt für gewöhnlich die spanische Wegschnecke in zwei Hälften. Mechanischer Mord wurde im Internet empfohlen. »Das trau dich mal zu schreiben«, sagte sie.

»Ich habe erst unlängst eine Wühlmaus mit dem Spaten zerteilt«, sagte der Lieblingsmensch. »Ich stand im Garten, da bebte die Erde, die Sonne verfinsterte sich und ein Krater hob sich aus lehmigen Klumpen. Da zog der Eindringling unbekümmert seinen Laufgang auf mich zu. Und wie ich dastehe, fassungslos, wallt in mir die Wut über so viel Dreistigkeit. Der Hund steht auch nur da und glotzt blöde. Was ist denn das für ein Hund, der den Postboten verbellt, der immer nur zuträgt und nie etwas fortträgt, aber wenn eine Wühlmaus vor seiner Schnauze zum Angriff bläst, schaut er nur. Und dann – zack – sauste er herab, der Spaten, und aus war es. Da war ich von meiner Grausamkeit doch etwas überrascht und hab mich geschämt. Was, wenn das Tier noch lebte und unter der Erde elendiglich verreckt? Da habe ich den Spaten noch ein paarmal herabsausen lassen und wie eine Verrückte in die Erde gerammt. Ich habe mich gefragt, ob das der Grund ist, warum ein Täter einem Mordopfer das Messer zigmal in den Rücken rammt. Vielleicht möchte er es nur ordentlich zu Ende bringen. Ob ich nun nachschauen muss und die Wühlmaus vielleicht ausgraben sollte aus ihrem Totenreich, um zu sehen, ob sie wohl ... na ja ... wühlmausetot ist ...? Und dann habe ich gedacht, das scheint mir doch makaber.«

»Das ist ekelhaft!«, sagte die Frau.

Der Lieblingsmensch schlüpfte in die Schuhe und sie verabschiedeten sich im Vorhaus voneinander. »Und sag einmal, wie geht es dir denn eigentlich wirklich?«, fragte sie die Frau. Dabei neigte sie den Kopf schief und schaute durchdringlich, mit einem Hauch von Mitleid der Frau in die Sommeraugen.

»Ich weiß es nicht. Ein bisschen Leeres-Nest-Syndrom vielleicht? Ich stehe eben aufs Behüten und Versorgen. Ich glaube, ich wäre eine hervorragende Wirtin geworden.«

»O ja, das wärst du ganz bestimmt«, sagte der Lieblingsmensch. »Heilerin, Künstlerin, Bäuerin, Philosophin oder Wirtin. Wenn du magst, dann sei stolz auf dich. Darauf, was du schon alles geschafft hast im Leben. Und setz dich einmal in Ruhe in die Sonne, du siehst blass aus. Hör Musik! Ein paar deiner Selbstmitleidsnummern.« Dann umarmte sie die Frau. Der Frau kamen die Tränen. »Und bitte, lass mich nie in Ruhe, wenn du etwas brauchst, hörst du?«, sagte der Lieblingsmensch sanft in ihr Ohr.

Dann ging sie mit all den Phrasen und gut gemeinten Ratschlägen. Niemand kannte sie so gut und schon so lange und doch war ihr Lieblingsmensch mit ihrer permanent nach außen getragenen Überlegenheit manchmal schwer zu ertragen. »Stolz sein auf mein Leben? Ich bin doch noch nicht tot«, fand sie.

In dieser Nacht dachte die Frau schon wieder an den Flötenspieler. Sie fragte sich, ob er inzwischen jemanden gefunden hatte, für den er spielen wollte. Sie dachte voller Sorge an die Schlacht, die er mit sich führte.

Musik war für sie Zauberei. Es gab sie, die Mathematiker unter den Musikern, die sich über den Aufbau und die musiktheoretische Struktur einer Harmonie den Kopf zerbrachen. Jene, die die Logik der Musik durch und durch verstanden und sie analysieren konnten. Die horchten, wie ein Werk produziert und arrangiert war. Sie wollte so gerne wissen, welche Art von Musiker der Flötenspieler wohl war. Einer, der auch mit dem Herzen die Musik fühlte, oder einer, der die Musik nur verstand? Sie hätte so gerne Einblick gehabt in diese Welt, dieses mystische Reich. Und sie hätte so gerne Einblick in die Seele des Musikers gehabt. So, wie sie sich als die Hüterin und Beschützerin ihres Reiches, der Waldgeister, keckernden Kobolde und sprechenden Vögel fühlte, gab es doch bestimmt jemanden, der aus den Melodien ein Reich entstehen lassen konnte. Sie fragte sich, wer so ein Reich führen und behüten würde. In dieser Nacht sehnte sie sich danach, vom Flötenspieler berührt zu werden. Spät in der Nacht schlief sie nach gedankenverlorener Verschwommenheit ein.

»Ich habe den Zauber meiner Flöte nirgends gefunden. Gib es zu, er ist bei dir zurückgeblieben und du willst ihn dir nun unter den Nagel reißen«, schrieb der Flötenspieler nach einer Weile.

»Dann komm und hol ihn dir, wenn du so denkst«, schrieb sie zurück.

Vierzehn Tage waren von diesem Zeitpunkt an noch ins Land gegangen, da war er tatsächlich aus dem Norden in den Süden zu ihr gekommen.

## *Der Humanismus*

Sie trafen sich in einem Café zum Frühstück und saßen im Schatten mächtiger alter Platanen. Die Frau hatte ein Schnittlauchbrot, weiches Ei im Glas und einen Milchkaffee bestellt. Der Flötenspieler bestellte schwarzen Kaffee und aß dazu die in Plastik verpackten Trockenkekse von den Untertassen der beiden Heißgetränke. Im Hintergrund spielte Easy Listening Lounge Music.

»In Niederösterreich liegt eine der größten privaten Samenbanken Europas. Auf Spitzbergen aber liegt der größte Samenspeicher der Welt. Samenspenden aus 249 Ländern. Keine menschliche Samenspende dabei. Das wäre wohl ein Segen, wenn wir verschwinden würden von diesem Planeten. Wer weiß, wie viel menschliches Spermium schon irgendwo ins All geschossen wurde, für den Fall eines Falles. Wären wir alle vernichtet, dann müsste zumindest einer übrigbleiben, um die 1,2 Millionen Samen aufzutauen und zu verteilen. Wir beide wären wie geschaffen dafür«, referierte der Flötenspieler.

»Würdest du mir deine tiefsten Gedanken verraten, wenn wir allein übrigblieben?«, fragte die Frau plötzlich.

»Wozu das denn?«

»Nun, mir zuliebe. Weil es eine tiefe Verbundenheit schafft.«

»Dich würden meine tiefsten Gedanken nicht sehr beeindrucken.«

»Nun, dann eben, um meine Neugierde zu stillen?«

»Nein, also wirklich nicht! Was soll das denn für eine Begründung sein?!«

»Was ist gegen Neugierde denn zu sagen?«

»Die Büchse der Pandora ist dagegen zu sagen«, hielt der Flötenspieler dagegen, »geöffnet von einer allzu neugierigen Frau. Und der Baum der Erkenntnis? Aus Ungehorsam davon gekostet und – zack – vorbei war sie, die schöne Zeit im Paradies. Und wer war es? Eine neugierige Frau.«

»Das war ein Befreiungsschlag! Er hat dem Menschen die Freiheit gebracht. Der Mensch trifft ab sofort seine eigenen Entscheidungen. Somit war der erste Akt des Ungehorsams ein Akt von menschlicher Vernunft. Und was die Büchse der Pandora betrifft, so habe ich meine eigenen Theorien.«

»Soso, und welche?«, fragte der Flötenspieler und war neugierig.

»Nun, es ist ein Blick in die Seele. Und was dabei herauskommt, ist eben nicht immer schön. Viel eher übel. Aber den Blick, den wagt die Frau und nicht der Mann. Weil sie sich ihm gewachsen fühlt. Also sei mutig und stark wie eine Frau und lass sie mich wissen, deine tiefsten Gedanken.«

»Niemals«, sagte der Flötenspieler und erwähnte zur Sicherheit lieber kein Meer, welches eher zufrieren müsse.

»Dann eben, wenn – krax – eine Nordtanne umfällt, mir auf den Kopf kleschtt, ich röchelnd am Boden liege und nur noch, sagen wir, zwei Minuten Zeit habe zu leben, bevor ich elendiglich verblute.«

»Das wäre aber kein allzu guter Zeitpunkt. Sollte ich da nicht besser die Blutung ...?«

»GUTE GÜTE!!!«

»Ich würde vielleicht darüber nachdenken ...«

Als die Frau nichts sagte, setzte er nach: »Nun, egal ob Avalon, der Garten der Hesperiden oder der Garten Eden, du würdest ihn ohnedies hegen und pflegen, statt ihn zu genießen. Du würdest keinen Frieden geben.«

»Weil es mich glücklich macht, alles schöner und besser zu machen, das Beste aus der Natur und dem Menschen hervorzubringen. Ich habe einen höchst interessanten Artikel gelesen über den Humanismus«, erzählte nun die Frau. »Der Humanist strebt nach der Entwicklung des Menschen zum Besseren. Demnach bin ich weder Küchenphilosophin noch Küchentherapeutin, sondern Küchenhumanistin«, sagte sie begeistert.

»Nicht eher Küchenmoralistin?«, fragte der Flötenspieler nach.

»Warum ist es eigentlich kein Kompliment, als Moralistin bezeichnet zu werden?«

»Weil niemand gerne zurechtgewiesen wird. Niemand hört

gern von jemand anderem, was er zu tun hat oder bleibenlassen soll. Moralisten tendieren dazu zu predigen. Von der Kanzel herab. Sie führen einem die eigenen Unzulänglichkeiten vor Augen.«

»Na und? Dadurch dienen sie doch als eine Art Regulativ für eine gesunde Gesellschaft«, meinte die Frau.

»Anstrengend! Sie kommen mit ihrer Polemik dann rasch an einen Punkt, wo man nicht mehr zuhören möchte.«

»Aber als moralische Instanz gesehen zu werden, das hat doch etwas Positives. Jeder kennt seine moralische Instanz: eine Person aus dem Freundeskreis, eine Mutter, eine Person der Öffentlichkeit. Die geben Sicherheit und bieten Orientierung.«

»Ich habe keine moralische Instanz, auf die ich zurückgreifen könnte«, sagte der Flötenspieler.

»Dann brauchst du aber schleunigst eine.«

»Nein, brauche ich eben nicht.«

»Möchtest du dich nicht weiterentwickeln? So von deiner Persönlichkeit her?«, fragte die Frau.

»Wozu? Und für wen denn? Ich plage mich schon so genug, ohne jemanden zu haben, der mir auf die Finger schaut. Außerdem bin ich selbst mein strengster Richter. Mein ›kritisches Ich‹, es hat mich unter ständiger Observation.«

»Niemals!«, sagte die Frau. »Niemals ist man selbst sein strengster Richter. Zu viele blinde Flecken. Außerdem ist doch die eigentliche Frage: Was ist Moral und wem soll sie dienen? Dir oder der Gesellschaft? Wohl der Gesellschaft, will ich meinen. Erst die *Vergesellschaftung* macht uns Menschen ja aus. Das soziale Wesen. Und warum schließt der Mensch sich zu so großen Gruppen zusammen? Um zu überleben. In jedem Fall dient die Moral dem friedlichen Zusammenleben dieser Gemeinschaft. Daher musst du dich jemandem aus der Gemeinschaft stellen, für ein Urteil. Richtest du dich selbst, dann kannst du nur mehr als Eremit in die Berge gehen. Dort kannst du dich dann nach deinen eigenen Maßstäben moralisch verhalten oder nicht.«

»Eremit klingt verlockend. Eigentlich will ich nur meinen Frieden. Wer sagt denn, dass es mein höchstes Ziel ist, moralisch die beste Variante meiner selbst zu sein?«

»Nichts bist du, nichts ohne die anderen. ›Der verbissenste Misanthrop braucht die Menschen doch, wenn auch nur, um sie zu verachten.‹ Das ist von Marie von Ebner-Eschenbach.«

»Oh, mit ihr hättest du dich wohl gut verstanden.«

Die Frau ignorierte den Flötenspieler. »... Der Humanist jedenfalls, der setzt sich dieses Ziel. Er sagt aber, dem Menschen gelinge das nicht. Und deshalb ist der Mensch ewig rastlos. Sein Leben ist ständiges Suchen und Finden. Alleine durch sein Verschwinden nach dem Tod kann der Mensch sich zu Lebzeiten nie zu Hause fühlen.«

»Aha. Na, jedenfalls ... Um ein guter Mensch sein zu können, müssen alle Grundbedürfnisse gestillt sein. So einfach ist das. Humanisten sind Theoretiker. Keine Ahnung vom Leben. Wie der Schreibtischpädagoge oder Bildungsminister, der Bildungsrahmenpläne entwirft und noch nie selbst jemanden ausgebildet hat.«

»Aber ein Leben ohne Sinn, ohne Visionen ...«, versuchte es die Frau erneut.

»Wer Visionen hat, muss zum Arzt. Punkt«, unterbrach der Flötenspieler gleich wieder.

Meinte er das ernst? Die Frau stocherte mit dem Löffel in ihrer leeren Tasse herum.

Der Flötenspieler hatte sich zurückgelehnt und ließ die Arme baumeln. Er schaute an der Frau vorbei. Kein tiefer Blick. Eher eine Flucht. Der Beginn der großen Kälte, markiert von kleinen Gesten, die anzeigten, dass er mit dem Verlauf des Treffens auch nicht sonderlich zufrieden war.

»Hmm, hier ist wohl jetzt auch kein Zauber mehr zu Hause, merke ich«, sagte er schließlich.

War das ein Vorwurf oder eine Feststellung? Es war zum Verrücktwerden mit diesem Mann. Es war alles zwischen ihnen oder nichts. Die Frau hatte genug von seiner schlechten Laune. »Wenn du ihn nicht einfangen kannst, dann deshalb, weil er vor sich selbst davonläuft«, sagte ihre innere Stimme. Die Frau zahlte und lief davon, so schnell, dass die innere Stimme zusehen musste, dass sie mitkam. Vielleicht wollte sie ihn gar nicht mehr einfangen.

»Liebe Küchenhumanistin, bitte sei mir nicht böse«, schrieb er am Abend. Es war klug vom Flötenspieler, sich zu entschuldigen.

Es ließ sich einrichten, dass sie am nächsten Morgen ihr Gespräch unter den Platanen fortsetzen konnten. Diesmal stopfte der Flötenspieler sich als Frühstück ein Mohnweckerl in den Mund. Die Frau schnitt ihre Semmel auf, kratzte den weichen Teil von den Hälften und knüllte ihn zu einer Kugel. Dann verspeiste sie die Bäckerseele und bestrich den Rest mit Butter.

Der Flötenspieler erklärte der Frau, dass er sich bei Menschen, die sich zu viele Gedanken über das Leben machten, verarscht fühle. Er sei der Ansicht, Philosophie sei Luxus. Für Menschen, die zu viel Zeit zum Nachdenken hätten, um Probleme zu lösen, die sie nicht hätten, wenn sie sich beschäftigt hielten mit Sinnvollerem. Es sei ein Weg, ihrer Langeweile zu entgehen. Denn schließlich fehle diesen Menschen der Sinn im Leben. Und die Tiefe, die sie vorgaben zu haben, sei nichts als eine hierdurch bedingte Leere.

Die Frau meinte dazu, sie wäre da anderer Ansicht.

»Nein?!!«, sagte der Flötenspieler mit ironischem Unterton und tat erstaunt.

»Wohl«, gab die Frau gelassen zurück. »Eine Leere fühlen wir alle. Das Lebensglück ist das Problem. Wir glauben uns als Mittelpunkt des Universums. Doch da wartet sie schon, die Enttäuschung bei all den Ansprüchen auf das Glück. Als Humanistin frage ich mich, wo mein Platz ist inmitten aller Möglichkeiten. Wie gelingt es, integer und mit Empathie mein Dasein zu fristen? Ein Humanist ist sich ständig seiner Sterblichkeit bewusst und spürt die Vergänglichkeit. Deshalb sucht er nach dem Göttlichen, aber auf philosophische Art. Unterm Strich möchte er beheimatet sein in einer solidarischen Gemeinschaft.«

»Klingt ein wenig nach Sitzkreis, nach Esoterik«, meinte der Flötenspieler.

»Machst du Witze?! Ganz und gar nicht! Genau das ist es nicht«, empörte sich die Frau. Heute hatte sie gute Laune und heute gefiel es ihr, wenn er sich mit ihr anlegte. Es war wie damals am Schulhof. Buben ärgerten die Mädchen und zupften an den Hupfgummis. Das hatte sie unter lautem Protest sehr lustig gefunden. »Wenn du willst, dann meinetwegen Spiritualität. Sehnsucht nach Verbundenheit und Geborgenheit«, sagte die Frau.

»Ich habe nur Sehnsucht nach einer schmerzfreien Zone nach einem guten Tag«, sagte der Flötenspieler.

Diese Bemerkung frustrierte die Frau allerdings.

»Ist die Therapiesitzung jetzt beendet? Darf ich nun bitte in Ruhe fertig frühstücken?«, fragte er.

»Dein ironischer Unterton gefällt mir nicht. Er ist die höchste Form der Arroganz«, sagte die Frau mit geschlossenen Augen und hob dozierend den Zeigefinger.

»Wo hast du das gelesen?«, fragte der Flötenspieler. »Du solltest vielleicht einen Abrisskalenderverlag gründen mit derlei Sprüchen.«

»Er kann sie sicher nicht spüren, die Musik«, flüsterte die innere Stimme. Die Frau seufzte, denn sie wollte das nicht hören.

»Die Menschen waren Nomaden, ehe sie die beknackte Idee hatten mit dem Tribalismus«, sagte der Flötenspieler dann. »Mit den Siedlungen hat doch der ganze Mist angefangen: Besitz und Gier, Monetarisierung der Funktionalität. Wären sie doch weiter gewandert. Dann müsste unser Planet nicht bluten. Aber es war die Sehnsucht nach einer Heimat, die alles den Bach runtergehen lassen hat.«

»Gute Güte, du bist ein verbitterter Misanthrop. Du grummelst und protestierst wie ein Rumpelstilzchen.«

»Nur nicht gleich so sachlich! Es geht auch persönlich«, sagte der Flötenspieler.

Die Frau schwieg. Das Gespräch verlief zunehmend mühsam und sie hatte das Gefühl, der Mann ihr gegenüber wäre ein Fremder. Das machte sie einsam.

»Der Philosoph Hobbes schreibt, der Staat wäre Leviathan, das Ungeheuer, das auf die Menschen aufpasst«, meinte die Frau schließlich.

»Das ist wie bei schwarzer Pädagogik, mit der Angst im Nacken zu leben. Das Ungeheuer als Schlagstock, der an der Wand hängt, für alle sichtbar«, entgegnete der Flötenspieler.

»Der Zusammenschluss der Menschen diente dem Zwecke, dass der Mensch auf den Menschen aufpasst. Damit er nicht ständig Angst haben muss vor sich selbst. Homo homini lupus est. Er begibt sich freiwillig in die Hände eines Staates. Wer weiß denn schon, wie es den Nomaden ergangen wäre, längerfristig. Die Menschheit hätte sich womöglich gegenseitig aufgefressen. Das Ungeheuer ist eine Metapher für die Allmacht gegenüber dem Menschen«, sagte die Frau.

»›Vom tiefsten Meeresgrund wälzet sich Leviathan auf schäumender Well' empor‹, das ist aus der ›Schöpfung‹ von Haydn«, zitierte der Flötenspieler nur und fügte hinzu: »Metaphern sind blöd.«

»Kunst ist nichts als Metapher. Artefakte sind Materialisierungen von Gefühl. Alles, was der Mensch erschaffen hat, was er erforscht und entdeckt hat, alle bildenden und darstellenden Künste, Literatur, Poesie und die Musik, das ist doch alles etwas entsetzlich Herrliches«, meinte die Frau.

»Ach, die schönen Künste werden früher oder später sowieso dem Kulturkapitalismus zum Opfer fallen«, sagte der Flötenspieler verbittert. »Jeder konsumiert sich getaktet durch den Tag. Wir kaufen uns unser ganzes Leben. Wir beginnen morgens mit Zahnseide und den Übungen des Physiotherapeuten. Dann trinken wir genug Wasser über den Tag verteilt und arbeiten bis spät nachts. Am Abend tun wir uns etwas Gutes und lassen das Abendessen aus, fühlen uns aber schlecht, weil wir die Zeitung noch nicht komplett durchgelesen haben, vom Artikel aus der Fachzeitschrift ganz zu schweigen. Wozu das Abo eigentlich? Und wieder haben wir es nicht ins Fitnesszentrum geschafft diese Woche und waren auch nicht sonnengeschützt an der Sonne. Einen Termin zur Darmkrebsvorsorgeuntersuchung haben wir auch nicht ausgemacht. Außerdem zu wenig ›Quality time‹ mit der Familie eingeplant ... ticktack ... Jetzt quetsch einmal die Kultur noch irgendwo dazwischen.«

Der Flötenspieler schüttelte den Kopf und setzte nach: »Die Vormachtstellung des intellektuellen Westens ist auch bald Geschichte. Durch die normative Kraft des Faktischen wird man sich während jedes Konzertes wohl bald parallel eine Videoinstallation reinziehen müssen, damit der Abend nicht zu langweilig wird: Video on Demand. Die Kunst interessiert doch keine Sau mehr. Zu anstrengend, zu viel Konkurrenz aus der Freizeitindustrie. Es wird nur noch unterschieden zwischen Kunsthandwerk und Kulturevent.«

Das war nun eindeutig mehr Pessimismus, als die Frau noch länger ertragen konnte. »Dann mach doch aus dir selbst ein Kunstwerk, aber mach etwas! Setz dir ein hehres Ziel: Beschütze die Musik vor dieser hohlen Erlebnisgesellschaft. Für die Kunst lohnt es sich immer zu kämpfen! Sie regt unsere Fantasie an.

Ohne Fantasie ist es doch ein freudloses Leben«, sagte die Frau freudlos.

»Hmm.«

José Padillas »Adios Ayer« aus dem Hintergrund drückte nun auf die Tränendrüsen. Sie saßen und schwiegen, was die beklemmende Stimmung nicht verbesserte.

Dann zog sie ein letztes Ass aus dem Ärmel: »Weißt du, die Kunst ist das Einzige, was uns noch bleibt im Kampf gegen das Böse. Jede Revolution ist gedacht, falsche Götter abzulösen, und endet doch immer fatal. Der Nimbus darin liegt ausschließlich im Pathos. Die Wirklichkeit zeigt das grausame Bild der Revolution. Die Mystik und der Pathos der Kunst aber, die sind ewig gültig und ihre Wirkung gegen das Böse wahrhaftig. Also Vorsicht mit deiner Vernunft und deinem Realismus und ein Hoch auf die Mystik.«

Der Flötenspieler verdrehte seine Augen. »Sollte die Erste Welt jemals«, und dabei betonte er auf übertriebene Weise »sollte« und »jemals«, »lernen, auf unsere schöne Erde Rücksicht zu nehmen und wie durch ein Wunder zu neuer Bescheidenheit zu finden, dann werden die anderen zehn Milliarden Menschen Anspruch erheben auf Wohlstand und Verschwendung. Wenn wir nicht zur Waffe greifen, andere werden zu Waffen greifen.«

»Also ist die einzige Möglichkeit, die uns bleibt, doch nur die Kunst! Verstehst du das denn nicht?« Die Frau erhob ihre Stimme und die Leute blickten fragend zu ihrem Tisch. »Denn Kunst, deine Musik, die Nachahmung unserer facettenreichen Natur ist Lust. Sie löst nicht unsere Probleme. Aber durch sie macht es erst Sinn, Probleme überhaupt lösen zu wollen.« Die

Frau fand ihre Ansprache im Grunde grenzgenial. Umso erstaunlicher, dass der Flötenspieler ihr nicht applaudierte.

Ihrer inneren Stimme wurde es nun zu blöde. »Mann, der Typ nervt vielleicht. Und wieso sagt er denn jetzt nichts? Vermutlich denkt er: ›Du glaubst wohl nicht, dass ich jetzt für dich noch einmal meinen Kiefer bewege? Ich lasse mir doch von dir meine schlechte Laune nicht verderben.‹«

»Alles in Ordnung?«, fragte die Frau schließlich.

»Nichts ist in Ordnung«, bewegte der Flötenspieler seinen Kiefer nun doch ein wenig. Aber dann schwieg er wieder. »Tja, ich muss dann mal ...«, sagte er.

»Ja«, sagte die Frau. »Du hast Mohn zwischen den Zähnen.«

»Die schlimmsten Massaker wurden nicht von Skeptikern und Nihilisten verursacht, sondern von Gläubigen und Utopisten«, sagte er dann.

Schwups, ihre gute Laune hatte sich nun zur Gänze aus dem Staub gemacht. Auf dem Weg nach Hause war ihr vielmehr zum Heulen. Sie hatte das Gefühl, als stecke sie allein im Universum fest. Sie sehnte sich nach dieser kosmischen Zugehörigkeit, die sie damals für den Holländer so intensiv empfunden hatte. »Wenn ich ihn nicht spielen gehört hätte«, dachte sie, »gäbe es mehr zu verachten als zu bewundern.«

Ihre innere Stimme sang »Adios Ayer« vor sich hin.

Es fühlte sich an, als hätte sie ihn verloren und damit ihren intuitiven Glauben an sich und ihre musische Welt.

Am nächsten Tag stand die Frau im Eingangsbereich eines riesigen Kaufhauses. Sie wartete an einer Kassa, bis sie an der Reihe war. Eine lange Schlange hatte sich vor ihr gebildet. Angenehme Kaufhausmusik spielte im Hintergrund und die Frau schaukelte ihre Gedanken hin und her.

### *Tagtraum im verrückten Kaufhaus*

Plötzlich ertönt eine Durchsage: »Die Postmoderne hat ihren Glauben verloren. Achtung, Achtung! Der göttliche Glaube sucht seine Mutti!«

»Wer?«, fragt ein Typ mit Kappe.

»Determinativkompositum aus dem Präfix Post und dem Substantiv Moderne«, sagt die Frau an der Kasse neunmalklug. »Und der schützende Baldachin der Religionen ist auch futsch.«

»Wie bitte?«, fragt der Kappentyp.

»O nein! Der aufgebrachte Mob wird zur Attacke auf die Wirklichkeit blasen«, sagt eine Dame mit schlecht gewählter Kleidung neben ihr.

»Fuck!«, ruft der Typ mit Kappe verängstigt.

Da macht es laut peng!!!

»Ui«, sagt eine Verkäuferin. »Nun ist die wohlstandsverwahrloste Befindlichkeitsblase auch noch geplatzt. Was für ein irrer Tag!«

Ein Mann, wahrscheinlich der Filialleiter, kommt schnaufend angerannt. »Hoppala! Die Demokratie ist aus den Regalen gepurzelt und liegt nun platt am Boden!«

Jetzt ist Jeffrey »Jeff« Preston Bezos auch noch mit dem Einkaufswagen über sie drübergerollt.

Der Filialleiter schlägt die Hände zusammen. »O weh, die

Demokratie wird das Internet wohl nicht überleben.«

»Tja, das kommt vom analogen Einkaufen. So was von retro!«, sagt Jeff.

»Was macht denn ausgerechnet der da mit einem analogen Wagenkorb?«, fragt die Frau mit schlecht gewählter Kleidung.

Nun kommt die postfaktorische Gesellschaft auch noch angerannt. »Wo finde ich bitte eine sichere Zukunft?«, sagt sie hektisch.

»Dritter Gang links«, sagt der Filialleiter.

Die postfaktorische Gesellschaft plärrt ungehalten los wie ein kleines verwöhntes Kind: »Wuhuu! Wähää! Da war ich, aber da war überhaupt keine Sicherheit!«

»Sind Sie denn sicher?«, fragt der Filialleiter sie und Schweiß bildet sich auf seiner Stirn.

»Ja, mit Sicherheit!«

»Sie waren mit Sicherheit nur im falschen Gang. Ihnen fehlt es nur an Orientierung.«

»Lauter Individualisten und glauben sich immer im Recht«, murmelt der Filialleiter ihr hinterher.

Da kommt eine weitere Durchsage: »Ein überdurchschnittlich großgewachsener Individualismus ist hier und ruft nach der totalen Anarchie. Totale Anarchie, bitte sofort zur Kassa kommen.«

»Sofort? Ha! Die pfeift dir was, die Anarchie!«, empört sich die Frau an der Kasse.

»Ja, das haben die nun von ihrer Freiheit«, meint die Frau mit der schlecht gewählten Meinung ... äh ... Kleidung. »Ohne jedes Vorbild und ohne Richtungsweiser sind sie verloren und irren umher wie kopflose Hendln.«

»Wo ist denn das Security Team?«, fragt der Filialleiter und seine Stimme bricht beinahe ab. Dann schreit er: »Wo sind die uninformierten Uniformierten?«

Das Chaos im Supermarkt nimmt überhand. Alles läuft ohne Plan und ohne Ziel. Alles fällt aus den Regalen. Jeder trampelt wie Jeffrey »Jeff« Preston Bezos auf denen herum, die ihre Steuern brav zahlen. Mark Zuckerberg steht lässig hinter den Angeboten des Tages und amüsiert sich. »None of my business«, also übersetzt: »Das ist doch nicht mein Bier!«, ruft er.

»REALLY?!! None??!!!«, schreien alle zugleich. »Diese digitalen Oligarchen«, schnauben sie, »keine Ahnung von unserer REALITY. Es ist doch eigentlich und unterm Strich bereits alles his business.«

Die Angebote des Tages geraten ins Wackeln und fallen in sich zusammen, ob des gebündelten Widerstandes der User. Dann steigen sie, wie Medusen, wieder hoch und schweben im mit Neonlicht ausgeleuchteten Raum. Zuckerberg hüstelt, spendet willkürlich an ein afrikanisches Waisenhaus. Die Hilflosigkeit der Ersthelfer amüsiert die sich im Leben ignoriert gefühlten Totalitären. Jetzt spüren sie sich endlich und schlagen zu. »Ach, wie tut das gut! Besser negative als keine Selbstwirksamkeit«, so sehr freuen sie sich.

»Aufmerksamkeit, meint ihr wohl«, sagt die postfaktorische Gesellschaft.

Die Postmoderne schnappt sich nun das Mikro, tippt dreimal darauf, räuspert sich und sagt: »Alle mal herhören, ich bitte um Unaufmerksamkeit!«

Die Anarchie sagt: »Hihi, ich hab gar nicht hingehört«, und trampelt weiter auf der auch aus den Regalen gepurzelten Scheinmoral herum, als wär sie ein Staubbovist. Alles erscheint so absurd wie das virtuelle Hochfinanzsystem.

»Irgendwie scheint mich der Flötenspieler mehr runterzuziehen, als ich es schaffe, ihn aus seiner Kluft herauszuzaubern«, dachte die Frau. Sein Einfluss nahm zu und auch das Chaos in ihrem Kopf.

## *Die Nacht im Museum und ein Hund*

Die Frau und ihr Lieblingsmensch besuchten die Lange Nacht der Museen. Sie wanderten durch die prunkvollen Säle, gefüllt mit Exponaten unterschiedlichster Künstlerinnen. Im Hintergrund erklang Elevator-Music. Von einer Ausstellung vor langer Zeit im Kunsthistorischen Museum war ihre Begeisterung noch lange nachgehallt. Der Bildermagier Wes Anderson hatte die Ausstellung ganz in seinem typischen Stil kuratiert. So wurde der Museumsraum mit Exponaten seiner Wahl zu einem eigenen Ausstellungsstück. Die Art und Weise, wie er die Kunstwerke präsentierte, nach welchen Kriterien, egal, ob einfach nach Farbe geordnet oder nach anderen ästhetischen Maßstäben, das war genau der wesentliche Punkt dieser Sonderausstellung. Nicht die Exponate allein standen im Vordergrund, sondern ihr Rahmen.

Das wäre ihr Traumberuf gewesen: sich ganz der Schönheit und Ästhetik zu verschreiben. Kunst und Kunstwerk ins rechte Licht rücken zu dürfen, um deren Genialität sichtbar zu machen. Aus einem Raum eine künstlerische Inszenierung zu zaubern. Sobald die Frau sich von einer Musik oder einem Kunstwerk erreicht fühlte, dann verschwand sie in sich. Dieses Empfinden, das dieses Verschmelzen auslöste, war ähnlich einer Traumreise. Ein Schaukeln, eine friedliche Übereinkunft, eine Art von unausgesprochenem Verständnis mit dem Werk, der Welt und ihrer Seele. Diese Empfindung konnte euphorisch-glücklich aber auch zutiefst melancholisch-traurig sein. Aber dann war es eine Melancholie, die sich gegen das Vergessen wehrte, die sie niemals würde missen wollen. Traurigkeit als eine Auszeichnung für die Schönheit ihrer Seele. Sie mochte das Spiel in der Kunst, die Grenzenlosigkeit, all die Möglichkeiten.

Nun war sie schon müde von den vielen Eindrücken so spät in der Nacht und stand vertieft vor einem der Bilder. Irgendwie war sie vielmehr inmitten des Bildes. Es war ein Kunstwerk, das Bienen darstellte. Plötzlich bemerkte sie eine Unruhe. Große Aufregung herrschte im Eingangsfoyer. Sie ging, um nachzusehen, was passiert war. Von der Straße drang der Lärm eines Signalhorns bis herein ins Museum.

### *Tagtraum im verrückten Museum*

»Fehlt etwas?«, hört sie den Chefinspektor fragen. Er zückt seinen Schreiberling und leckt die Spitze. Seine Zunge lässt der Mann ein wenig heraushängen, um seine Emsigkeit zu signalisieren.

Wieso machen die Menschen das? Die Frau muss beim Anblick der Zunge an die Landeplattform eines Bienenstocks denken.

»Die Kultur ist verloren ... ist VERLOREN gegangen! Der Respekt vor der Kunst, alles futsch!«, jammert die Kuratorin.

»Ich hatte eigentlich Kunstwerke gemeint«, sagt der Chefinspektor.

»Ich auch!«, sagt die Kuratorin.

»Die Wirtschaftlichkeit ist das Diktat unserer Kultur. Die Menschen wollen Erlebnisse. Sie wollen verzaubert werden und sich an der Kunst berauschen, gierig aufsaugen und konsumieren wie Koks. Und die gesellschaftliche Verantwortung, dass Kunst nämlich dialogisch ist, das interessiert niemanden. Runter sollte sie, von ihrem hohen Ross. Für alle zugänglich. Und nun? Jetzt haben wir den Salat! Sie darf nicht zu anspruchsvoll sein, bloß nicht schwer begreifbar und nicht zu nachdenklich machen. Gute Laune soll sie erzeugen, statt lange nachzuwirken. Wie der Heimatfilm in der Nachkriegszeit. Bloß nicht aufregen die müden Menschen, und kosten darf sie nichts. Die Passivität der Besucher macht den Kunstschaffenden zur Marionette einer abgestumpften Culture-on-Demand-Welt. Das Auratische sowie das Dialogische sind begraben. Wie ich sie verachte, diese denkfaulen Idioten!« Der Lieblingsmensch war hinter die Frau getreten und riss sie mit ihrer Schimpftirade aus dem Tagtraum. »Wo bleibt denn nur das Göttliche? Wo ist es geblieben, das Mystische und das Geniale?«

»Jaja«, sagte die Frau beschwichtigend.

»Kultur und Bildung stecken in einer kolossalen Krise. Die Leute genießen eine Wahlfreiheit, für die sie gar nicht mehr qualifiziert sind«, schimpfte der Lieblingsmensch weiter. »Wir bleiben durch die mangelhaften Beurteilungskriterien der Willkür ihrer stumpfen Ansprüche überlassen. Es fehlen die Vorbilder! Wo bleiben die Autoritäten?«

Aus den buntesten Videoinstallationen surrt und brummt es plötzlich heraus. Wie im Farbenrausch ploppen und poppen Bienchen hervor. Erst klumpige, von Farbe verklebte und schiefgeratene Bienchen, dann nehmen sie ihre Form und Honigfarbe an. Die der Illusion entsprungenen Bienchen summen zum Chefinspektor. Sie landen auf seiner Zunge und krabbeln hintereinander durch den Mundschlitz ins Innere.

»Ha, wusste ich es doch! Ein Bienenstock!«, jubelte die Frau.

»Wo ist ein Bienenstock?«, fragte der Lieblingsmensch verdutzt.

»Die Kultur ist so bedeutsam«, sagte die Frau nur.

Die Tagträume begannen zunehmend von ihrer Realität Besitz zu nehmen. Von ihrem Tag erzählte die Frau später dem Flötenspieler.

Er antwortete: »Und man sollte unbedingt einen Dunning-Kruger-Scanner vor jedem Museum aufstellen.«

Was war ein Dunning-Kruger-Scanner?

Am nächsten Tag war sie alleine unterwegs, um Besorgungen zu machen. Als sie um die Kurve fuhr, musste sie plötzlich scharf abbremsen. Da stand ein Hund mitten auf der Straße. Sie öffnete die Autotür und lief zu dem Tier, das sich nicht von der

Stelle bewegte. »Du dummer Hund, mach, dass du fortkommst von hier. Der Nächste kommt und fährt dich über den Haufen.« Aber der Hund bewegte sich nicht, sondern schaute ihr stattdessen in die Seele. Das tun Hunde.

Am Straßenrand stand gemütlich ein alter Mann mit Hut. Er hielt beide Arme am Rücken verschränkt. »Na?«, sagte er. »Der mag Sie wohl.« Dabei lächelte er freundlich.

»Scheint so.« Die Frau blickte sich besorgt um und hielt Ausschau nach einem Hundebesitzer. Hinter ihrem Auto stauten sich bereits einige Wagen und warteten auf freie Fahrt. »Nun komm schon weiter«, redete sie auf den gemütlichen Hund ein und hoffte auf mehr Kooperation von Seiten des Vierbeiners.

»Sie sind wohl eine große Tierfreundin? Sie mögen wohl Hunde, nicht wahr? Das merkt man gleich«, freute sich der alte Mann.

Etwas verzweifelt über die Situation gab die Frau nur ein kurzes »Mhm« zurück und bettelte den Hund weiter an. »Aber was machen wir denn jetzt mit dem armen Kerl? Ich habe noch Termine. Ich krieg den nicht einmal in das Auto«, sagte sie weniger zu dem Mann als eher zu sich selbst.

Der Mann schaute verdutzt. »Aber ...«, ließ der alte Mann schließlich die Frau wissen, »das ist doch mein Hund.«

Auf dem Weg nach Hause dachte sie über das Alter nach. Wenn man alt war, war man in gewisser Weise schon lange unsichtbar, bevor man überhaupt noch gestorben war. Und der Holländer war schon lange gestorben und noch immer so lebendig.

Am Abend ließ sie den Flötenspieler wissen, dass Hunde ihre Seele in ihrem Ausdruck offenbarten wie Kleinkinder und dass alte Menschen begannen sich aufzulösen, bevor sie starben. Vielleicht hatte das einen Grund. Für Zufälle gibt es in der Natur überhaupt keine Verwendung. So wäre das Ei auch nicht zufällig oval.

Der Flötenspieler schrieb zurück: »Demnach bin ich wohl schon sehr alt.« Und dann schrieb er noch: »Die Natur kennt keine Zufälle, aber die Kunst liebt den Zufall und der Zufall die Kunst.«

Die Frau nützte die Gelegenheit seiner geschwätzigen Laune und antwortete: »Mein guter Freund, ich wollte dir schon längst einmal sagen, ich hatte sie schon alle, deine düsteren Gedanken. In jeder erdenklichen Form. Aber ich will das nicht mehr. Manchmal ist es nur eine Frage der bewussten Entscheidung zum Glücklichsein. Du hast die Wahl. Und du, du machst das Falsche groß.«

»Wieso ist es oval?«, schrieb er zurück und machte wieder das Falsche groß.

»Die Form folgt der Funktion. Wäre es eckig, könnte es den Angriffen des Feindes nicht davonflutschen während seines Versuchs, die glatte, dünne Schale aufzubrechen. Und wären Eier kugelrund, würden sie zu leicht aus den Nestern purzeln«, antwortete die Frau. Sie rollte sich in ihrem Bett kugelrund zusammen, um sich warm zu halten, und die Form folgte der Funktion.

## *Die Nobelhure, die Trauer und der Zirkus*

Kurz nach dem Tod des Holländers war die Frau auf einem Faschingsfest eingeladen gewesen. Sie hatte sich mit aller Kraft vorgenommen, auf andere Gedanken zu kommen. Sie war als Nobelhure verkleidet, überschminkt mit falschen Wimpern und Federboa, als wollte sie den Kummer überschminken. Am Ende des Festes stand sie noch mit Frida Kahlo, einem Tiger mit Nickelbrille und abgerissenem Schwanz, Meister Eder mit seinem Klabautermann und noch ein paar anderen Clowns auf der Straße herum. Der Tiger hatte ein Schild um den Hals, darauf stand geschrieben: Theore Tiger.

Die Melancholie erfasste sie völlig unvorbereitet. Wie eine Schlange kroch sie in den Körper und verbreitete ihr Gift. Überschwängliche Freude verwandelte sich in schwarze, schmerzhafte Trauer und ihr gefror das Lachen, evoziert durch Erinnerungen. Ein Wort, eine Bemerkung, und die finsteren Gedanken kamen hochgeflitzt zu unpassendster Gelegenheit. Zur falschen Zeit, dem Faschingsdienstag, am falschen Ort mit falschen Wimpern. Sie wandte sich von der Gruppe ab und stakste auf ihren hohen Schuhen grußlos auf und davon.

Unterwegs wurde sie, die Nobelhure, von lustigen Narren angesprochen. Franz Klammer lud sie im blitzblauen Rennanzug zu sich ein und sie hakte sich unter. Die Studentenwohnung war hübsch und Franz Klammer war es auch. Sie wollte berührt werden und festgehalten und die Hitze eines Mannes spüren und sein Verlangen. Sie nahm Platz am Fenstersims und schaute in die Nacht, während Franz Klammer sich mit dem Öffnen der Weinflasche abmühte, die ihm an seinem glatten, glänzenden Rennanzug immerzu entwich. Und wie sie dasaß und ins Universum blickte, rannen ihr schon die Tränen über die Wangen. Sie sprudelten endlos aus ihr heraus. Franz Klammer hatte noch nie mit einer Nobelhure zu tun gehabt und schon gar nicht mit einer so traurigen. Etwas verlegen reichte er ihr das Glas, aber die Frau wollte nun doch keinen Sex. »Ich will nun doch keinen Rotwein«, sagte sie und ging. Eine bereits leere Straße entlang stakste die traurige Hure weiter ihres Weges und die Federboa wedelte traurig im Schmutz der Straße hinter ihr her wie der abgerissene Schwanz des Theore Tigers.

»Wann hört das denn endlich auf wehzutun?« Die Beharrlichkeit ihres Schmerzes kannte kein Erbarmen mit ihr. Keine Aussicht auf Besserung. Die Verlassenheit war zu einem Gespenst geworden. Um sie herum überholten sie alle Freunde. Sie stand still, am Anfang ihres Lebens, und atmete nur. Der Abschnitt eines Autobahnzubringers, an der Stelle, an der man aufs Gas steigen musste, um sich einreihen zu können, an dessen Ende stand sie still und stieg nicht aufs Gas. Die Autos brausten an ihr vorbei und hupten. Sie fühlte sich beschimpft und weinte. Sie sah eine Dokumentation über geschlüpfte Schildkrötenkinder. Wie sie alle, so schnell sie konnten, um ihr Leben krabbelten. Über den Sand hin zu den brechenden Wellen. Einige irrten in die falsche Richtung. Eines aber schien vollkommen unentschlossen, bis eine Möwe es packte und davontrug. Die Frau weinte um das planlose Schildkrötenkind.

Im Park beobachtete sie junge Studenten, wie sie sich Bälle zuwarfen. Auch da stand sie still und der Ball – peng – flog ihr mitten ins Gesicht. Die Burschen kamen, fragten nach ihr und nach dem Ball. Sie warf ihn verlegen zu und wandte sich rasch ab, damit niemand sah, dass sie weinte. Sie war die Schwarzfersenantilope ohne Fluchtreflex, ohne Überlebensinstinkt und kraftlos und das Leben war der Schabrackenschakal.

Der Stillstand in ihrem Leben hatte zu einer Reibungsträgheit geführt, die den ersten Schritt zu tun noch zusätzlich erschwerte. Auch ließ sie die Fröhlichkeit nicht in ihr Herz. Die Fröhlichkeit, fand sie, verlachte sie. Die Fröhlichkeit ließ sie nicht teilhaben. Die beiden waren nicht unbedingt gut aufeinander zu sprechen. Sie nahm es der Fröhlichkeit übel, dass sie so tat, als würde sie der Tod ihres Freundes nichts angehen, und die Fröhlichkeit fand, die Frau gab sich einfach nicht genug Mühe mit ihr. Ja, so wird es wohl gewesen sein.

Sie schaffte die einfachsten Dinge nicht. Sich morgens anzuziehen war schon eine Meisterleistung an manchen Tagen. War sie bis zum Mittagsjournal nicht angezogen, so wusste sie, sie hatte verloren. Alles war tonnenschwer. Auch plagte sie das schlechte Gewissen. Denn überall auf der Erde schlugen sich die Menschen die Köpfe ein. Trotz Sicherheit und Privilegien konnte sie keine Dankbarkeit empfinden.

Sich mit dem Fasching austricksen zu wollen, war ein Griff ins Klo gewesen. Wie sollte sie sich denn nun vergnüglich stimmen? Anderer Unfug wie Zirkus oder Zaubershows kamen für sie nicht infrage. Sie mochte den Zirkus nicht. Sie hasste Clowns, und dressierte Tiere fand sie grässlich. Wenig gab es auf der

Welt, dachte sie, was erniedrigender war als das. Und sie hasste den Clown, weil sie ihn nicht witzig fand, und dann musste sie vorgeben, er wäre doch witzig, um seine Gefühle nicht zu verletzen. Und außerdem hasste sie die Jongleure. Denn genauso wie mit Kindern bei Vorspielstunden litt sie bei jeder Vorstellung mit den Jongleuren mit. Waren ihre Nerven stark genug? Sie war nervöser als die Darsteller. Am Ende jeder Vorstellung war sie erschöpft und schweißgebadet. Ihre übergroße Empathie wurde zur Qual.

So begann sie irgendwann erneut, wie schon als Kind, zu zaubern. Zumindest so viel, wie sie es sich selber gestattete. Nur um sich das Leben erträglicher, leichter und bunter zu machen. Dabei, stellte sie fest, ergaben ihre fantasievollen Bilder und gewaltigen Geschichten im Kopf plötzlich wieder einen Sinn. Wenn sie nämlich keinen Sinn mehr ergeben mussten.

Sie überlegte, ob sie dem Flötenspieler von ihrer Trauer damals erzählen sollte. Vielleicht würde er sie als Leidgenossin anerkennen und konnte seine Zugbrücke endlich herunterlassen, so dass sie in sein Herz blicken konnte. Sie misstraute nach wie vor der abgebrühten Variante seiner selbst, die er ihr gegenüber vorgab zu sein. Sie spürte doch seine Zerbrechlichkeit! Und sie kannte doch seine Musik! Aber diese sture und abweisende Seite schüchterte sie ein. Deshalb verließ sie der Mut.

In der Nacht kehrte sie noch einmal zu ihrer Erinnerung zurück und zum Zirkus. Alles war bunt. Ein lustiges Vintage-Zirkus-Idyll.

»Die Kulisse eines Zirkus', die farbenfrohen Glitzerkostüme, die Nostalgie, all das ist zauberhaft. Glitzernde Manschetten, Netzstrümpfe, die ausgefallensten Hüte, elisabethanische Rüschkrägen, kurze geraffte Chiffonröcke, schillernde Knöpfe. Wenn es nur keine Vorführung gäbe! Nur hinsetzen möchte ich mich auf diese niedlichen Bänke, die Sägespäne der Manege schnuppern, ein bisschen Gestank nach Pferdemist, Zirkusluft. Im Traum gibt es vor dem Zelt bunte Verkaufsstände. Süße Zuckerwatte, knofeliges Langosch, Bratwurst gibt es und gebrannte Aschantinüsse. Wie bei einem Jahrmarkttreiben kann man mit einem Hammer auf den Lukas hauen, um seine Schlagkraft zu messen. Ich stelle mir vor, du legst deinen Kopf da drauf. Ich frage mich, wie zerbrechlich du wohl bist, und versuche dich davon abzuhalten, dir den Kopf einschlagen zu lassen. Unter den entsprechenden Umständen, also unter dem Schlag dieses Hammers, ist wohl jeder Dickschädel zerbrechlich. Und dann bekam ich Angst und Atemnot und erwachte aus dem Traum.«

So schrieb sie dem Flötenspieler am nächsten Tag.

Er schrieb nicht zurück. Anscheinend mochte er auch keinen Zirkus und keine Zauberei.

Die Frau musste sich eingestehen, dass sie mit dem Flötenspieler fortan eine andere Sprache sprechen musste. Sie musste ihm unbedingt helfen, Worte zu finden, um seinen Gefühlen Ausdruck verleihen zu können. Andernfalls würden sie sich bald nichts mehr zu sagen haben. Sie wollte ihn aber nicht verlieren. Wieso, das wusste sie nicht genau, aber sie musste ihn einfach im Leben behalten. Sie überlegte, dass es schlau wäre, ihm Worte zu schenken. Oder besser noch Geschichten. Auf diese Art konnte sie ihm versteckte Botschaften zukommen lassen, ohne dass er sich angegriffen fühlte.

Am nächsten Tag im Wald stellte sie sich vor, die Bäume würden sich über ihren Kopf hinweg unterhalten. Sie hatte gelernt, dass Bäume sich gegenseitig verständigten, indem sie Terpene abgaben. Wie nett sie sind, die Bäume. Sie stellte sich vor, dass es möglich wäre, ihre Sprache zu erlernen. Dann könnte man vielleicht hören, wie die Robinie sich mit dem Spitzahorn stritt oder eben nicht und wie sie ein Schwätzchen hielten oder angeregt diskutierten. Alte mächtige Zypressen würden sich gegenseitig Geschichten alter prächtiger Epochen erzählen, als sie noch klein und eingeschüchtert waren.

Der Mensch entwickelte seine Sprache. Da saßen die, die das Feuer entdeckt hatten, mit denen, die es gezähmt hatten, und jenen, die sich darüber unterhielten oder einfach nur keppelten oder schweigend die Wärme genossen. Da fragte der eine Urmensch den anderen, wo er denn heute Jagdglück gehabt habe. Und da musste eben schleunigst eine Sprache her, um den Weg zu den besten Jagdgründen beschreiben zu können.

Jetzt stellte sie sich vor, sie hätte nicht genügend Worte, um sich zu erklären. Sie müsse aufgeben sich auszudrücken und stünde Stirn an Stirn mit ihrer eigenen Begrenztheit. Dann wäre ihre Erklärung etwas Unerklärliches. Welch wohliges Verlangen, dafür neue Worte oder einen Geheimcode zu erfinden. Für Unsagbares oder Ungesagtes. Etwas Unbeschreibliches beschreiben zu können, war doch die Kunst. Vielleicht wäre es möglich, dass – wie die Bäume – der Mensch auch Informationen weitergab mit der Hilfe unsichtbarer Botenstoffe. So, wie es über eine Million Insektenarten mithilfe von Pheromonen auch taten. Dann wäre das Unerklärliche nicht mit Worten, aber eben ohne Worte zu erklären. Ein Blick in die Augen – und unsichtbare winzige Boten würden losströmen, um zu kommunizieren.

Als sie den Wald verlassen hatte, lachten sich die Bäume kaputt.

Ja, sie musste dem Flötenspieler Worte geben, die ihm fehlten, oder ihm klarmachen, dass er auch sprechen konnte ohne Worte. Durch seine Musik vielleicht. Aber der Schmerz musste heraus aus ihm. Er zerfraß ihn wie ein gewaltiger Parasit.

»Ich hätte Lust auf eine linkslinke Gutmenschterroristin«, schrieb er. »Was hast du am Wochenende vor? Ich bin wieder in der Stadt. Ich habe letztes Mal meine Jacke liegenlassen.«

## *Am Markt*

Sie trafen sich wieder am Markt. Sie wanderten von dort im Schatten einer Rosskastanienallee zu einem gemütlichen Kaffeehaus. Auf einer Bank saß ein alter Mann mit einem Blumenkranz aus Löwenzahn geflochten und blätterte in einer Zeitung. Obwohl sich die Szene vor ihren Augen auftat, überkam die Frau ein Gefühl von schmerzhafter Nostalgie. Ihr schien es, als wäre der Mann schon nicht mehr aus ihrer Zeit. Als wäre er schon eine Erinnerung und Zeitungsrascheln ein ausgestorbenes Geräusch.

»Auch Geräusche sind vom Aussterben bedroht«, überlegte sie. »Bedenkt so was denn niemand?« Die junge Generation blätterte nicht mehr in Zeitungen und Kinder flochten den Alten keine Löwenzahnkränze.

Der Flötenspieler sah etwas gesünder aus.

»Wie geht es dir? Du siehst etwas gesünder aus«, sagte die Frau, denn sie sagte es gleich, wenn sie etwas Wichtiges dachte.

»Danke, ich kann nicht genug klagen. Möglicherweise habe ich aber meinen Kulminationspunkt überschritten.«

»Den als Künstler oder den als Grantscherben?«

»Das ist eine sehr gute Frage. Möglicherweise beides. Vielleicht besteht da ein Zusammenhang«, meinte der Flötenspieler. Er bestellte sich einen gemischten Salat ohne Blattsalate. »Und sind die Rahmgurken mit Dille? Denn wenn ja, dann bitte auch ohne Gurkensalat.«

»Dann bleibt aber nur Maissalat übrig«, sagte die Kellnerin.

»Dosenmais?«

»Ja«, gab die Kellnerin knapp zurück, »was denn sonst? Glauben Sie denn, wir schaben den Kukuruz in der Küche?«

Er bestellte sich ein Stück Schokoladentorte und die Frau einen Kaffee. Auf der Kreidewand stand geschrieben: »I can't espresso how much you bean to me.«

»Schokoladentorte? Dann bist du doch ein Genussmensch! Ich hätte gewettet, du isst nur, um nicht umzufallen. Du stopfst dir eine Wurstsemmel am Tag in den Mund – und das wars.

Wenn du der Zeit der Nomaden nachtrauerst, dann solltest du auch den Wert der Nahrung mehr schätzen. Die Nomaden hatten Rituale, um sich bei dem Tier zu bedanken, das sein Leben für sie lassen musste.«

Der Flötenspieler rollte seine Winteraugen.

»Heute wünsche ich mir, dass wir es miteinander schön haben«, sagte die Frau.

»Ja«, meinte der Flötenspieler und stopfte sich zwei Bissen von der Torte gleichzeitig in den Mund. Die Brösel fielen ihm auf den Schoß. Er klopfte sie ab.

»Ich will heute nicht recht, sondern es nur schön haben mit dir«, sagte die Frau. Sie nahm ihm die Gabel aus der Hand und zog den Teller zu sich. Demonstrativ gemächlich schnitt sie sich ein Stück ab und führte die Kuchengabel langsam zu ihrem Mund. Sie ließ den Kuchen genüsslich zwischen Zunge und Gaumen zerschmelzen und schloss dabei die Augen. Dann lehnte sie sich zurück, seufzte mit durchgestrecktem Rücken.

»Harry und Sally?«, fragte der Flötenspieler.

»Nein, nichts davon ist vorgetäuscht«, gab sie zurück. »Eigentlich mag ich den rohen Kuchenteig weitaus lieber.«

»Da wäre ich sehr gern dabei, wenn du den schleckst«, sagte der Flötenspieler vergnügt.

»Ich bin ein Lustmensch«, sagte die Frau. »Und du?«

»Ich auch«, meinte der Flötenspieler verspielt.

»Nein, du bist ein Verstandesmensch.«

»Du hast recht, ist das nicht schön?«, sagte der Flötenspieler und beide lachten. »Ich wäre aber lieber ein Lustmensch, wenn ich sehe, wie du Kuchen isst.«

»Lustmenschen sind leider auch Unlustmenschen und haben daher keinerlei Disziplin. Als Lustmensch wärst du niemals Musiker geworden.«

»Wieder ein Grund mehr, lieber ein Lustmensch zu sein«, meinte der Flötenspieler. »Lustmenschen scheinen es zu kennen, das Geheimnis der kosmischen Leichtigkeit«, sagte er, als spräche er mit sich selbst.

»Aber sie sind miserabel bei Verlust von Menschen«, fügte sie vorsichtig hinzu. Aber das war ein Fehler gewesen.

Der Flötenspieler zuckte zusammen und wechselte rasch das Thema. »Ohne bedingungsloses Grundeinkommen gibt es keine bedingungslose Kunst. Da pfeife ich doch lieber auf die Musik.«

Als die Frau das hörte, wurde ihr schwindelig. Rasch lobte sie ihn dafür, dass er auf so sinnliche Art sein Instrument beherrschte.

Da wurde der Flötenspieler zornig und schnaubte.

Die Frau wusste nicht, was geschehen war und fragte: »Was?«

»Ich möchte nichts mehr hören von deinen Versuchen, mir die Musik schmackhaft zu machen. Außerdem brauche ich deine Komplimente nicht. Lob erfolgt immer von oben herab. Lob hat immer etwas Beschämendes. Wirke ich auf dich denn so erbärmlich, dass ich dein Lob brauche?«

Die Frau pustete Luft aus ihren Lungen und verdrehte die Augen. Er war so ein schwieriger Typ! »Ich meine, wenn ich dir zusehe, wie du spielst, dann durchläuft mich ein Schauer. Oder darf ich dir das auch nicht sagen? Alles, was ich sage, damit du dich besser fühlst, bekommst du in die falsche Kehle. Außerdem lohnt es sich einmal darüber nachzudenken, warum jemand kein Kompliment annimmt. Entweder du denkst, du hättest es nicht verdient, oder aber du denkst, dass ich als Laie nicht befugt bin, dir ein Kompliment zu machen. Nun, wäre das dann nicht ebenso von oben herab?«

»Na schön«, meinte der Flötenspieler.

»Glaubst du, wenn man das möchte, kann man sich als Verstandesmensch zu einem Lustmenschen entwickeln?«

»Der Mensch ist, wie er ist. Punkt«, sagte er darauf.

»Die Persönlichkeit kann sich aber ändern«, entgegnete sie. Sie stritten sich also über die Möglichkeit bzw. Unmöglichkeit, sich selbst ein Leben lang treu zu bleiben. »Sich treu zu bleiben, bedeutet auch, sich weiterzuentwickeln. Sich treu zu sein, bezieht sich immer auf eine Bestandsaufnahme, im Kontext der momentanen persönlichen Reife wohlgemerkt«, ereiferte sie sich. »Nein. Der Mensch ist, wie er ist. Er kann nur so tun, als wäre er jemand anderes. Aber das geht auch nicht gut, zumindest nicht auf Dauer. Davon wird man krank.«

Jetzt zuckte er erneut zusammen und wich nun ihrem Blick aus.

Woran seine Frau gestorben war, hatte sie ihn gar nicht gefragt, kam es ihr in den Sinn.

»Jedenfalls denke ich, es ist gesünder, so zu sein, wie man eben ist, und gesünder, den anderen ebenso anzunehmen: in seiner authentischsten Art«, schien er das Thema beenden zu wollen.

»Aber es gibt auch authentische Deppen, unsympathische Kinder, unliebsame Angewohnheiten. Es ist nicht alles gut und schön, was ist, wie es ist. Es braucht doch eine ethische Norm, eine Richtschnur.«

»Das ist alles falsch. Respekt, gutes Benehmen, alles unterdrückte Aggression. Es bleibt Aggression. Ein versteckter Depp bleibt ein Depp, ein unsympathisches Kind wird zum unsympathischen Erwachsenen, Angewohnheiten werden nur von anderen Angewohnheiten ersetzt, wie Süchte. Und woher kommen sie, die Süchte? Von weggedrückten Gefühlen. Treue *ohne* moralische Norm, also aus tiefster Verbundenheit«, murmelte er, »das ist wahre Treue.«

Beim Zahlen herrschte der Flötenspieler die sich selbst überschätzende Bedienung ohne weggedrückte Gefühle an. Danach schimpfte er wie ein Rohrspatz über die Vermessenheit der Jugend. Sie hatte mehrmals die falsche Rechnung gebracht, dies aber vehement und selbstbewusst abgestritten.

Die Frau machte ihn auf seine grobe Art aufmerksam und der Flötenspieler meinte: »Besser, man ist unfreundlich. Ist man freundlich zu einer Kellnerin, dann heißt es ja gleich wieder ...«

»Stopp«, fiel sie ihm ins Wort. Sie legte sich beide Hände über die Ohrmuscheln, um nicht Gefahr zu laufen, noch mehr von diesem Unsinn hören zu müssen. »Du überschreitest immer eine gewisse Linie. Mehr Dosis von dir kann ich heute nicht mehr verkraften. Du bist unhöflich.«

»Ich kann falsche Höflichkeit nicht leiden«, murrte er.

»Die gibt es nicht, die falsche Höflichkeit. Höflichkeit folgt einer genauen Regel. Wenn man es nicht richtig macht, ist es eben nicht höflich.«

»Stimmt«, gab er ihr recht und sie hatte es nicht schön.

»Genauso wenig gibt es einen falschen Witz oder falsche

Kunst oder falsche Musik«, sagte sie noch und dachte weiter: »... und keine falsche Sehnsucht, kein falsches Begehren und keine falsche Liebe.«

Der Flötenspieler stand jetzt auf und blickte auf die Frau herunter: »Es war ganz gut, dich zu sehen, und du hast, von oben herunter betrachtet, sehr schöne Augen.«

Und so war auch die Frau gar nicht so traurig auf ihrem Weg nach Hause.

Am Abend dachte sie darüber nach, wie menschliches Verhalten sich veränderte aufgrund eines üblen Schicksals. Und über die oft so beschränkten Möglichkeiten, aus Krisen als neuer Mensch hervorzugehen. Was bestimmt daraus resultierte, dass man es nicht konnte oder sich nicht getraute, einen kritischen Blick ins Innere zu werfen. Für die charakterliche Entwicklung waren jedem Menschen eben Grenzen gesetzt und Wahrhaftigkeit war stets die Voraussetzung.

Sie saß nun auf einem Stuhl vor dem Spiegel im Bad und betrachtete sich lange. »Schöne Augen ...«, dachte sie. Spiegelbilder gaben nicht preis, was in einem vorging. Sie waren wie ein Gemälde. Nur ein Abbild der Realität. Aber durch den konzentrierten Blick auf das Spiegelbild war ihr plötzlich, als blickte sie dennoch gestochen scharf genau auf all ihre inneren Vorgänge. Es erfolgte eine Demaskierung, gegen die sie sich nicht wehren konnte.

Indem sie sich eingehend betrachtete, blickte sie durch ihre Reflexion wieder zurück, tief in sich hinein. Zauberei.

»Ein Kleinkind erkennt sich nicht in einem Spiegel. Sobald das Kind sich als Ich im Spiegel wahrnimmt, verlässt es das

Paradies. Im selben Augenblick betritt es die Objektwelt der Bewertung und Benennung aller Phänomene. Davor ist für ein Kind alles wahr und alles möglich«, dachte sie. »In diesem magischen Moment des Erkennens betritt der Mensch die Welt von Wirkung und universeller Wirklichkeit. Ein rascher Blick in den Spiegel diente als Rückversicherung einer Scheinwelt. Ein tiefer Blick aber – und die Pforte zur Innenwelt öffnete sich, wie bei einer Meditation.«

Und so geschah es, dass die Frau im Spiegel plötzlich aus der Zeit gefallen schien. Der Spiegel schickte sie fort und gleichzeitig in sich zurück. Nach einiger Zeit aber hatte sie genug von der paradoxen Schizophrenie und gab einem Impuls nach und alle Spannungen in ihrem Körper lösten sich auf. Ihr war, als würde sie schmelzen. Sie rann langsam und zähflüssig vom Stuhl herab. Sie glitt weiter und fixierte sich währenddessen im Spiegel, bis sie am Boden lag. So brachte sie diese Szene schließlich zur Auflösung.

Später, unter der Dusche, spürte sie dem heißen Wasser auf ihrer Haut ganz bewusst nach. Sie spürte das Herabrieseln, fühlte, welche Bahn sich die Tropfen über ihren Körper suchten. Jedem Tropfen auf der Kopfhaut folgte sie nach, dem Weg über ihr Schambein und weiter die Beine entlang. Der sanfte Strahl am Kopf weckte ein kribbeliges Verlangen nach etwas mehr Druck, wie beim Begehren nach einem Orgasmus. Die Wirbel, die sich am äußeren Ohr gebildet hatten, kitzelten sie. Sie neigte den Kopf weiter und ließ das Wasser in die empfindlicheren erogenen Zonen, ins Innere ihres Ohres rinnen. Sie nahm jede Erregung wahr und dachte dabei an den Flötenspieler. Ob er es auch fühlen könne, fragte sie sich. Und ob er überhaupt jemals eine sinnliche, heiße Dusche genießen würde. Sie fand es jedenfalls schön, ein Lustmensch zu sein. Auch wenn es seinen Preis hatte.

»Auch ohne Schicksalsschläge schlittern die Menschen in Lebenskrisen, wenn sie nach dem Sinn im Leben fragen. Daher muss es doch eine Weiterentwicklung geben. Damit die Eintönigkeit einen nicht böse erwischt. Demnach muss man sich doch ständig erneuern, damit einem nicht die Lebensfreude abhandenkommt. Alleine schon, um gegen seine Irrelevanz anzukämpfen«, schrieb die Frau noch am Abend, um auf die mangelhafte Bereitschaft zur Persönlichkeitsentwicklung des Flötenspielers anzuspielen. »Wenn man sich nicht weiterentwickelt im Leben, dann bleibt man doch als Person uninteressant.«

Der Flötenspieler schrieb aber nicht zurück und die Frau fühlte sich uninteressant.

## *Der Bruch der Tabus killt die Erotik*

Endlich hatte sich der Flötenspieler gemeldet und sie verabredeten sich zu einem kurzen Treffen zwischen Terminen. Die Frau wollte sich im Anschluss mit ihrem Lieblingsmenschen einen Film im Kino ansehen. Sie stand bereits an einem der Stehtische eines Delikatessenladens. Der Flötenspieler kam etwas gramgebeugt, mit indifferentem Gesichtsausdruck herein und begrüßte die Frau.

»Sag einmal, musst du eigentlich immer deine Gleichgültigkeit vor dir hertragen?«

»Wie bitte?«, fragte er.

»Na, die Art, wie du dreinschaust. Dein nichtssagender Ausdruck. Auf diese Art kündigst du dich immer unbeteiligt an. Freust du dich denn nicht, mich zu sehen? Lächle doch einmal! Das ist ein Trick. Unser Gehirn kapiert das nicht, und so wird man automatisch fröhlich.«

Der Flötenspieler hatte ein kleines Bier bestellt und knabberte an einer staubtrockenen Brezel. Die Frau hatte das gleiche Getränk und biss genüsslich in eines ihrer drei üppig belegten Brötchen.

»Natürlich freue ich mich. Aber es ist anstrengend zu lächeln und ich falle auf so billige Tricks so und so nicht herein. Weiters habe ich heute beschlossen, mich zu befreien von der Tyrannei jeglicher Ambition«, sagte der Flötenspieler bedeutungsschwer. »Ich sprenge einfach das Korsett des hohen Anspruchs.«

»Aber der Ehrgeiz ist doch unser aller Antreiber«, gab die Frau zurück.

»In jedem Fall macht er dich zu einer Geisel. Wenn man nie gelassen nichts tun kann ohne schlechtes Gewissen, wenn man süchtig wird nach Ergebnissen und den Erledigungen, dann bleibt man doch immer unzufrieden. Es ist also nichts weiter als eine gesunde Reaktion auf ein krankes System«, sagte der Flötenspieler.

»Aber ohne Wohlfühlmomente nach unseren kleinen Etappensiegen ist es doch fad. Man sollte schon raus aus seiner

Komfortzone. Seliges Nichtstun auf Dauer ist doch unerträglich. Man muss sich über etwas definieren können. Selbst Kinder wachsen nur an ihren erreichten Zielen.«

Der Flötenspieler entgegnete: »Von welcher Komfortzone redest du bitte? Und findest du es denn gut, wenn Kinder glauben, sie sind nichts wert ohne Erfolge? Sie sollten doch vermittelt bekommen, dass sie großartig sind. Genau so, wie sie auf unsere Erde geplumpst sind.«

»Ja, da hast du recht. Kinder sind großartig. Auch ganz ohne Leistungsnachweise. Man kann sich so schön sattlieben an ihnen. Die einzige vollkommene und bedingungslose Liebe. Beim Anblick von Kindern weiten sich die Pupillen.«

»Das tun sie auch bei Verliebten. Von Kindern habe ich keine Ahnung«, sagte der Flötenspieler und blickte verlegen nach unten.

»Wenn man nur lernen könnte, im Moment zu sein, so wie die Kinder. Ohne ständig irgendwelchen Zielen nachzurennen, fühlt man sich wahrscheinlich viel freier«, sagte die Frau. »Im Hier und Jetzt verweilen.«

»Und auch der Sex ist auf diese Art ein ganz anderer. Wenn man im Moment bleiben kann. Nicht an das Morgen denken und nicht einmal an den nächsten Moment, die nächste Berührung. Das ist intensiver und ein viel sinnlicherer Sex«, meinte der Flötenspieler und schaute der Frau in die Augen.

»Wahrscheinlich«, dachte sie und war auch schon in Flammen. »Davon habe ich keine Ahnung.«

Als sie zum Zahlen zur Kassa gingen, schubste der Flötenspieler die Frau beherzt zu Seite. »Ich zahle!«

Die Frau aber katapultierte ihn mit einem Hüftschwung wieder zurück, um vor ihm zum Ladentisch zu gelangen. Da packte er sie bestimmt am Arm und zog sie fort, um schließlich der Kassiererin das Geld zu überreichen. »Alles zusammen, bitte.«

Die Kassiererin blickte abfällig auf die beiden, die drängelten und kicherten wie Kinder. Die Frau bemerkte diesen Blick und freute sich über die Wahrnehmung ihrer eigenen Unbeschwertheit, und zeitgleich tat ihr die Dame an der Kassa leid, weil sie sich nicht mit ihr mitfreuen konnte.

Am Abend behauptete der Lieblingsmensch: »Durch hohlen Sex verbindet man sich nicht. Wahrlich triebhaft kann er sein, aber der Kopf kann sich nur durch Tiefe befreien.«

»Oder mit viel Alkohol, dann geht es auch ohne Tiefe. Aber dann ist danach nicht nur die Flasche leer. Wenn man sich überhaupt erinnern kann am nächsten Tag«, meinte die Frau und zog die Augenbrauen hoch.

»Wenn man einen Kreis erschaffen kann zwischen den beiden Körpern, das nenne ich berühren«, schwärmte der Lieblingsmensch. »Sinnlich statt sinnlos. Danach entfernt man sich wieder voneinander und bleibt noch berührt. Streck dich und winde dich und lass zu, was du dir sonst nicht erlaubst. Da finde ich Pornographie gar nicht verwerflich.«

»Ich dachte, du schaust nie Porno«, sagte die Frau.

»Tu ich nicht. Aber Pornos drücken doch auch nur eine Sehnsucht aus. Die Lust nach maximaler Empfindungsfähigkeit ohne jede Wertung. Nur tut das jeder … werten.«

»Es muss von der Liebe zum Porno gehen und nicht umgekehrt«, sagte die Frau. »Ich möchte gejagt werden von Sehnsüchten und ihnen nicht immer nur hinterherstolpern.«

Sie waren bereits im Kino gewesen und hatten einen georgischen Tanzfilm gesehen. Darin kam es zu einer homosexuellen Liebesszene. Es war das erste Mal, dass die Frau auch eine schwule Liebesszene erotisch fand. »Das hat wohl etwas mit Reife zu tun«, meinte sie zu ihrem Lieblingsmenschen. »Dazu braucht es visionäre Kraft, Intelligenz, und es schadet nicht, an die wahre Liebe zu glauben.«

»Wie passt denn auf einmal die wahre Liebe hierher?« Der Lieblingsmensch wunderte sich.

»Die Liebe, als Ursprung alles Göttlichen, aller Sinnlichkeit und als einziger Sinn überhaupt. Und damit meine ich nicht die romantische Liebe, sondern die Kraft der Liebe. Ich glaub auch, wenn man Sex an keine Bedingungen knüpft, können Himmlisches und Höllisches emporstürmen«, schwärmte die Frau.

»Das ist doch ein Paradoxon«, meinte der Lieblingsmensch. »Niemals kann es bedingungslosen Sex geben. Und Himmlisches und Höllisches? Wie geht das denn Hand in Hand? Wenn, dann gibt es den unverbindlichen Sex und der schließt die Tiefe aus, von der du gesprochen hast. Die Tiefe als Voraussetzung der einzig wahrhaften Berührung. Es ist also Unsinn.«

»Nicht bedingungslos gegenüber dem Partner, sondern ohne Bedingung an den Sex. Einfach neugierig beobachten. Tantrischer Sex. Eigentlich ist es ein Plädoyer an uns Frauen. Denn durch den Bruch der Tabus, ohne jeden künstlerischen

Anspruch, wird die Sexualität trivialisiert. Die abgestumpfte Saturiertheit killt somit die Erotik! Je mehr wir von Diversität sprechen, desto breiiger denken wir doch. Alles eine Nudel, ein Teig.«

»Ich versteh kein Wort«, sagte der Lieblingsmensch. »Was haben denn die Kunst und die wahre Liebe mit Pornographie zu tun?«

»Die Dekadenz vor dem Fall des weströmischen Reiches, da ging es nicht nur um die letzten Orgien vor dem Untergang. Das war nicht alleine eine Sehnsucht nach Lust und Verfall, der Anfang vom Ende. Die Künstler haben all diese ästhetischen Widersprüche des Zerfalls in ihren Werken zum Ausdruck gebracht. Riesenpenisse und Darstellungen von Sex in allen erdenklichen Formen und Varianten konserviert in Schönheit. – Im geheimen Kabinett von Neapel gibt es davon unzählige Fundstücke aus den Ausgrabungen von Pompeji. Ich finde das wunderschön. Hätten damals mehr Frauen als Künstlerinnen gearbeitet, wäre vermutlich auch das weibliche primäre Geschlechtsorgan dargestellt worden. Nicht erst heute, wo du plötzlich die Vulva siehst, wohin du nur blickst. Die Untergangsängste der Menschen wurden durch die Lust an der Lust verarbeitet und die Kunst hat aus dieser Lust, aus dieser dystopischen Stimmung, lustvolle und sinnvolle Werke geschaffen. Und doch scheint genau die Orgie den Untergang wie ein Brandbeschleuniger vorangetrieben zu haben.«

»Was ist denn mit dir los?«, wunderte sich der Lieblingsmensch.

»Ach, ich habe eine Dokumentation gesehen. Das ist alles.

Die Frage ist, wenn es keine Verdorbenheit mehr gibt und wir die moralische Dekadenz hier ausklammern, ist die Orgie dann nicht ein Untergang mit Stil? Also wenn man es vom ästhetischen, künstlerischen Blickwinkel her betrachtet.«

»Dafür muss der Mensch aber auch Ästhet sein und kein überfressener, verschwitzter antiker Römer. Sonst mag ich mir das lieber nicht vorstellen«, meinte der Lieblingsmensch.

»Hm. Die Fähigkeit, Ekstase zu erleben, ist eine göttliche Kompetenz. Die entwickelt sich nur, wenn du Tiefe spürst. Nur dann kann und darf sie wachsen. Den geilsten und hemmungslosesten Momenten wohnt bestimmt ein Zauber inne«, referierte die Frau.

»Der Zauber im Swingerclub. Interessant«, amüsierte sich der Lieblingsmensch.

»Die Inder haben das schon kapiert! Das Kamasutra stand als Lehrwerk in enger Beziehung zur Transformation der Sexualität, der spirituellen Liebe.«

»Du spürst dich zumindest«, seufzte der Lieblingsmensch.

»Sich fallen zu lassen, um ganz Frau zu sein! Dann dürften Arthur Schnitzlers süße Mädel und jeder verdammte Waldgeist und jede Nymphe guten Sex haben.«

»Haben sie nicht?«, fragte der Lieblingsmensch.

»Da fress ich doch einen Besen, wenn ja. Die sind nichts als niedlich.«

»Tja. Ich weiß es nicht. Ich habe jedenfalls sowieso zu wenig davon«, sagte der Lieblingsmensch. »Ich habe auch in der Regel zu wenig Zeit, um mich damit zu beschäftigen. Mein Körper ist eine *erogähne* Zone, quasi.« Und dabei versuchte der Lieblingsmensch, das witzig zu finden, um eine vermeintliche Souveränität nicht aufs Spiel zu setzen. Klassische Verdrängungsmechanismen eben.

»Das ist aber nicht lustig«, meinte die Frau daher. »Frauen, die nicht auf Sex stehen, sind frigide, die, die Sex lieben, sind nuttig, und die, die Sex mit Liebe verwechseln, sind doof. Die, die keinen bekommen, sind Versagerinnen, und die, die dauernd darüber reden, haben gar keinen – und das alles vor laufenden Kameras. Wir Frauen definieren uns darüber. Wir kategorisieren uns gegenseitig lieber, als uns zu solidarisieren. Das ist es doch, worum es sich bei der Schönheit der Frau dreht. Um ihre Wertigkeit als attraktive Sexpartnerin. All unsere Schimpfworte kommen aus dieser Ecke. Deshalb habe ich so lange gebraucht, um mich mit meinem Körper zu versöhnen. Früher fand ich mich nicht begehrt und somit minderwertig und später begehrt und somit nuttig. Wir sagen, wir sind tolerant, und bewerten uns doch immerfort. Wir kämpfen für den Feminismus, dabei kann ich sie selbst nicht leiden, die ambitionierten Superfrauen. All die Künstlerinnen mit ihren Karrieren, die dann noch ihren Geschäftssinn unter Beweis stellen müssen, indem sie zusätzlich Parfums kreieren und die Patenschaft für Polarbären im Zoo übernehmen. Frauen, die trotz ihrer Tage noch die Welt retten, setzen uns unter Druck. Da fühl ich mich nichts als mies, wenn ich nur auf dem Sofa liege.« Die Frau hatte sich in Rage geredet. Sie hatte sich viel zu lange viel zu unsicher gefühlt als Frau und war sich immer bewertet vorgekommen. »Dabei sind wir alle Göttinnen der Sinnlichkeit!«, rief sie plötzlich und Passanten drehten sich nach ihr um. Sie wollte nie mehr einen Versuch unternehmen, um irgendwelchen Frauenbildern zu entsprechen.

Vor dem Einschlafen dachte die Frau: »Ich wünschte, der Flötenspieler hätte das Gespräch mit angehört über die Freude an der Sinnlichkeit. Ich wette, der ist nicht sonderlich gut im Bett.« – Sie wälzte sich rastlos hin und her und brüllte plötzlich ihre beiden Hausmäuse an: »Zum Donnerwetter, macht halt nicht so einen Krach!! Wie kann jemand so Kleines denn so einen großen Wirbel schlagen?!« Dabei ließ sie einen Schlapfen durchs Zimmer segeln. Die etwas weniger kleine Maus war gleich gekränkt und empörte sich über die unfreundliche Art. Aber die andere Maus freute sich. Sie betrachtete es als Kompliment. Sie war generell nicht so sensibel.

Die Frau dachte an die Schubserei an der Kassa und lächelte. Kinder spielten erst, wenn sie sich wohlfühlten. Erst recht galt dieses Verhalten dann wohl für Erwachsene.

In dieser Nacht träumte die Frau Folgendes:

### *Theatertraum*

Wir sind in einem alten Theater. Der Bühnenboden ist knorrig und staubig. Wir stehen auf Holzdielen und man hört sie knarren, bei jedem Schritt. Ich halte ein blaues Schulheft in der Hand und einen roten Bleistift, an dessen Ende ich nervös herumknabbere. Ich trage unpassend hohe Schuhe, ein viel zu knalliges Kleid und bin viel zu stark geschminkt für den Mief, der uns umgibt. Mein Äußeres sagt: »Seht her zu mir!« Du stehst vor mir im Scheinwerferlicht in einem eher farblosen Kostüm. Aus der Finsternis gebe ich Anweisungen und gestikuliere wild vor dir herum. Du missachtest meine Anweisungen und bewegst dich nicht. Eine Opernsängerin kichert und du fragst: »Was zum Henker will sie denn von mir?« Dabei reißt du dir die Maske vom Gesicht.

»Setz deine Maske sofort wieder auf!«, schnaube ich verärgert und du rückst sie dir unwillig wieder zurecht. »Herrschaftszeiten, jetzt sei nicht so steif«, nörgele ich. »Sei verspielt! Wenn du eh nicht hier sein willst, dann kannst du doch genauso gut in eine Rolle schlüpfen.«

»Aber es ist dieser ›Unzustand‹, der mich sekkiert«, sagst du. »Ich halte mir einfach die Hände vor die Augen und verschwinde auf die Art«, schlägst du trotzig vor. »Kinder verschwinden auf diese Weise.«

»Aber genau darum geht es doch«, versuche ich zu erklären und trete ein wenig heraus aus dem Schatten. Der Kegel des Scheinwerfers beleuchtet nun mich. Im Hintergrund hört man, wie sich die Opernsängerin einsingt. »Du träumst dich weg und lässt dafür jemand anderes erscheinen. Du reitest einen wilden Ritt auf einem Bock über den Besseggengrat und das Publikum wird erkennen: Du bist jetzt Peer Gynt. Aber wenn du dich nach vorne neigst, dann mach es gut, so dass die Leute nun erkennen: Jetzt ist er ein Drachenspeier, der über das Gesims ragt. Dafür musst du aber bereit sein, ein Wasserspeier zu SEIN oder ein Peer Gynt oder der Bock.« Ich trete zu dir und flüstere mit spannungsbeladener Stimme in dein Ohr: »Verstehst du das nun?« Aber du, du schaust ratlos, tust nichts dergleichen. Schließlich reicht es dir. Du schlüpfst energisch aus dem Kostüm und pfefferst es in ein

Eck. Zeitgleich gewinnst du augenblicklich wieder an Farbe und du gehst, die Maske auf die Stirn geschoben, eilig davon. Zurück bleibt nur der Lichtkreis, wie ein blasser Vollmond am staubigen, dunklen Boden. Die kleinen beleuchteten Staubgespenster, die im Licht tanzen, bilden einen weißen Strahl in den Himmel.

Die Opernsängerin hat aufgehört zu üben. Sie sagt zu mir: »Der kann das eben nicht. Der will das nicht. Er will nicht so tun als ob …«

»Ei ja«, denke ich und betrachte aufmerksam das abgekaute Ende des Bleistifts, als könnte ich damit deinem Abgang die Bedeutung stehlen. Dann murmle ich: »Man kann eben nur in dieser Welt leben, wie man bereit ist, sie zu sehen.«

Die Opernsängerin kommt nun auf mich zu und sagt: »Er hat recht. Das ist alles nur Theater und hat nichts mit der Wahrhaftigkeit zu tun. Ich höre auch auf.«

»Nein!!«, schreie ich und klammere mich an die Sängerin. »Was denn? Was denn? Es ist doch nur Singen.«

»Ich glaube, ich weiß jetzt, warum du dich so dagegen wehrst, fröhlich zu sein. Es ist nicht wahrhaftig«, schrieb die Frau. Vielleicht war er auch nur nicht bereit, sich auf sie einzulassen. Auf sie und ihre Welt.

Aber der Flötenspieler hatte wieder keine Worte, um zu antworten.

In dieser Nacht waren die beiden Hausmäuse aus ihren Verstecken gekrochen und hielten ihr mitternächtliches Schwätzchen. »Theodor Lessing sagt über die Sendung vom Menschen als Individuum, dass sie steht und fällt mit der Forderung,

Sinnlosem einen Sinn zu verleihen, Chaos umzubauen in Kosmos. Dabei kommt es nicht auf die empirischen historischen Menschen an. Nicht auf all die Hinterlassenschaften. Nicht auf die kurze Spanne der aktuellen Wirklichkeit. Alle Geschöpfe sind nur Schatten eines Traums.«

Die weniger kleine Maus stimmte der anderen Maus zu: »Ja, oder viel eher Schatten eines Fiebertraums.«

Die beiden hauten sich auf ihre Bäuchlein vor Lachen.

»In den Vorträgen von Viktor Frankl finde ich die haargenau selben Überlegungen. Über das Durchringen zum neuen ethischen Bewusstsein als einzig möglichem Weg, den Karren aus dem Dreck der Unmoral zu kriegen. Eigentlich liegt die Antwort schon in der Nächstenliebe und somit ist das Thema uralt. Die Kirche missbraucht nicht die Macht, sondern es ist umgekehrt: Die Macht missbraucht die Kirche.«

»Richtig! Die Gebote, der ethische Gedanke des Glaubens nämlich, dem kann ich schon einiges abgewinnen. So als moralisches Rüstzeug gegen die xenophobe Gesellschaft. Nur braucht auch hier der Glaube die Ethik und nicht die Ethik den Gott.«

»Man müsste die Weltreligionen, die Weltgeschichte, Literatur und Hochkulturen studieren. Jederzeit abrufbar im Kopf haben müsste man das Wissen. Ich glaube, dann kann man das Leben besser verstehen. Denk doch nur an Hegels dialektische Aufhebung: Du verstehst den Geist deiner Zeit nur, wenn du dir klarmachst, was die Zeit alles in sich aufgehoben hat. Alles, was sie beinhaltet. – Das ist es, was genau jetzt noch zu tun wäre im Alter. Sich ein bisschen wegzubewegen vom Ego hin zum Teil einer Gemeinschaft.«

»Daher ist es auch das Abenteuer, das sie sucht. Die Unruhe, die sich in der Mitte ihres Lebens noch einmal bemerkbar macht. Eine Reise in eine unbekannte Welt. Nichts als ein letztes Ritual und Abschiednehmen vom Hedonismus. Ein ängstliches Umklammern der Jugend vor dem Zerfall des Weströmischen Reiches. Bislang hat sich ihre Welt immer nur um sie gedreht«, sagte die weniger kleine Maus.

»Manche schaffen das, diesen Wechsel in die neue Lebensphase. Alle, die es nicht schaffen, sich einem neuen Menschsein zuzuwenden, die finden ihn nicht mehr, den Frieden im Herzen. Altersmilde oder Altersweisheit sollte man erlangen. Aber es braucht ein Visavis, um voranzukommen.« Dabei schaute die Maus sehnsüchtig zur weniger kleinen Maus. Doch da kam wieder ein Schlapfen gesegelt.

»Kusch jetzt!«, schimpfte die Frau. Am nächsten Tag war sie wie gerädert. So viele Stimmen, die ganze Nacht über!

## *Gurte Fahrt!*

Als der Flötenspieler wieder einmal in die Stadt kam, war die Zeit knapp, und so mussten sie sich am Flughafen treffen, um sich überhaupt sehen zu können. Auf der Speisekarte des Bistros »Fly away« fand er keine Schokoladentorte. Dafür gab es aber Pommes, die er bestellte und in sich reinschaufelte. Die Frau schabte von einer Kardinalschnitte die Creme Schicht für Schicht ab.

Nachdem der Flötenspieler sich nicht mehr dazu geäußert hatte, setzte die Frau nun erneut an, denn sie konnte sehr hartnäckig sein. Es wäre doch schön, wenn man sich mehr darum bemühte, ein liebenswerter Mensch zu sein. Denn das wäre es doch, was zählte im Leben: Liebe. Der Flötenspieler meinte, er wäre ein durchaus liebenswerter Mensch und wollte wissen, worauf sie schon wieder anspielte. Immerhin sei er weder Großwildjäger noch nehme er als Autofahrer den Fußgängern je die Vorfahrt. »Es ist alles relativ«, meinte er, »und auch eine Frage der Mentalität.« Er sei keiner dieser selbstverliebten Menschen, die jeden Weg, den sie zurücklegten, als Catwalk betrachten mussten. Die aus jedem Eintritt in einen Raum einen Auftritt machten. Und zu guter Letzt sei er keiner dieser Menschen, dieser Narzissten, Choleriker, Polemiker, Pharisäer und Zweckpessimisten, die das auf Kosten anderer waren.

Am Nebentisch saß eine wunderschöne Frau.

»Ich glaube, sie ist eine Pressesprecherin, irgendeine Moderatorin oder eine Korrespondentin vom Fernsehen. Bestimmt eine Frau der Öffentlichkeit jedenfalls. Sie kommt mir so bekannt vor«, sagte die Frau und blickte ständig hinüber.

»Was ist los mit dir? Möchtest du vielleicht lieber bei ihr sitzen als bei mir?«, fragte der Flötenspieler.

»Ich kenne diese Frau doch! Die ist berühmt. Es macht mich ganz verrückt, nicht zu wissen, wer sie ist.«

»Aha«, meinte er ungerührt. »Du weißt aber schon, die geht in dieselben öffentlichen Klos wie du und ich. Was spielt es für eine Rolle, wer sie ist? Aber bitte, dann geh eben zu ihr. Geh hinüber und frag sie!«

»Ja, das habe ich auch vor.«

»Untersteh dich!«, sagte der Flötenspieler. Er hatte seinen Vorschlag nicht ernst gemeint.

Die Frau stand dessen ungeachtet auf. »Entschuldigung, aber Sie kommen mir so bekannt vor. Sind Sie denn eine berühmte Frau?«

Der Flötenspieler schüttelte entsetzt seinen Kopf.

Als sie kurze Zeit später wieder zurückgekehrt war, knurrte er: »Und? Ist sie? Ist sie denn eine Berühmtheit?«

»Nein«, sagte die Frau fröhlich. »Aber«, setzte sie nach, »der kleine Bub an ihrer Seite, der ist zufällig sehr berühmt.«

»Soso«, sagte der Flötenspieler. »Ich kenne ihn nicht.«

»Er hat sich sehr gefreut und war ganz stolz, mir zu berichten, dass er der Gurte-Fahrt-Junge von den Autobahnplakaten ist.«

»Tatsächlich?!«, sagte der Flötenspieler mit gespielter Begeisterung. »Ganz ehrlich: Nichts auf dieser Welt könnte mich derzeit weniger interessieren als ein Gurte-Fahrt-Kind. Und du? Bist du jetzt zufrieden? Hat es sich denn ausgezahlt für dich, diese Leute zu belästigen?«

»O ja, sehr sogar«, sagte die Frau und strahlte. »Ich habe mir, aber vor allem den beiden heute auch eine kleines Geschenk gemacht. Denn schau, das ist doch eine sehr lustige Geschichte. Sie wäre niemals ein klitzekleiner Teil unseres Lebens geworden, wenn ich mich deinetwegen zurückgehalten hätte. Und das Leben besteht nun einmal aus einer Aneinanderreihung von Geschichten, und sie sind ein Geschenk. Du kannst entscheiden. Füll dir dein Leben voll damit oder sitz nur herum und iss Pommes. Befülle dein Leben mit Unsinn und allem Magischen, das vor dir liegt! Warum sollte man das auch nicht tun? Unsinn ist ein Vergnügen, das nichts kostet.«

»Ich kann auf solche Geschichten gerne verzichten. Wolltest du mir denn mit dieser Aktion eine Lektion erteilen? Ich mag nicht, wenn du mir Lehren erteilst. Es ist anmaßend.«

Die Frau ging aber nicht darauf ein, und er hatte recht. »Ich denke, du siehst es nicht, was vor dir liegt. Du solltest dich täglich fragen: War ich heute schon kindisch genug? Denn später im Pflegeheim, weißt du, nach nur drei Tagen fällt dir nicht mehr ein, worüber du nachdenken kannst. Dann bist du dir selbst überlassen mit deinen elenden Gedanken und lahmen Erinnerungen von vergeudeten Stunden. Ein Gedankenkarussell der Langeweile. Die unerträgliche Ereignislosigkeit des Seins. Deine Lieblingsserie ist schon vorüber und du bist deprimiert, da hat mein Kopftheater noch gar nicht richtig begonnen.«

»Ich schaue keine Serien.«

»Ja, das habe ich mir schon gedacht und das ist auch überhaupt nicht der Punkt. Du bist einfach zu erwachsen. Man sollte sich mit viel mehr Engagement darum bemühen im Leben, es häufiger lustig zu haben. Zu scherzen wie Kinder. Bewusst irgendwelchen Blödsinn zu machen, bei jeder Gelegenheit. Das Abenteuer aufsuchen, das vor dir liegt.«

»Ich denke aber nicht übers Alter nach. Das ist eine Regel von mir, die sich bewährt hat.«

»Ich glaube, es ist an der Zeit, seine eigenen Gesetze zu brechen. – Hat es geschmeckt?«, fragte nun die Frau.

»Nun, einigermaßen. Der Hunger hat es hineingetrieben.

Lower your expectations to avoid disappointment. Ist auch eine Regel, die sich bewährt.«

Die Frau blickte noch einmal grinsend hinüber zum Nebentisch. Der Gurte-Fahrt-Bub und seine elegante Mutter winkten überschwänglich zurück und gingen schließlich gut gelaunt.

»Siehst du, *easy peasy* eine Dosis Spaß!«

»Für mich war das eher *stressy depressy.*«

Aber heute ließ die Frau den Flötenspieler mit seiner Gemütssabotage abblitzen.

Später kam die schöne Frau von der anderen Seite des Ganges wieder zurück auf sie zugestürmt, zupfte sie verschwörerisch am Ärmel und sagte dann: »Wissen Sie, wie spaßig! Raten Sie einmal, wer da vorne am Gate steht. Es ist Elīna Garanča! Kommen Sie schnell, wir gehen zusammen hinüber und fragen sie, ob sie uns etwas vorsingt!« Offensichtlich hatte die Frau mit ihrer kindlichen Begeisterung heute zumindest die elegante Dame angesteckt, Blödsinn zu machen.

Später sang die Frau sich selbst ein paar Zeilen aus einem ihrer Lieblingssongs von Rufus Wainwright vor. So vergnügt war sie.

»Was ist das denn für ein Song?«, fragte der Flötenspieler am Gate.

»Das ist eine meiner Lieblingsnummern. Ein fantastischer Künstler. Den würde ich nicht von der Bettkante stoßen.«

»Aha!«, lachte der Flötenspieler.

»Einer der wenigen Sänger, die noch perfekt ein Instrument spielen können. Ein Künstler, der die Musik in sich spürt. Wie wundervoll.«

»Aha, Frau Musikexpertin.«

Sie umarmten sich und verabschiedeten sich dann aber rasch. Die Frau klapperte mit ihren hohen Schuhen durch die Halle zurück zum Ausgang und der Flötenspieler sah ihr nach. Sie spürte seinen Blick und freute sich. Und sie freute sich über ihr Klappergeräusch, das sie, wie das Klicken von Lichtschaltern, schon als Kind so gerne gehört hatte. Dann stieg sie in ihre alte Karre. Sie sah sich um. Sie sollte hier mal Ordnung schaffen. Hier herinnen musste man höllisch aufpassen, dass einen das Auto nicht beschmutzte.

»Gurte Fahrt«, sagte ihre innere Stimme zu ihr und sie schnallte sich an.

Bei ihrem nächsten Spaziergang durch den Wald begegnete sie ihren Zauberwesen. Sie plauderten ein bisschen über dies und das und sie wünschte, der Flötenspieler hätte auch diese Fähigkeit. Dann wäre er nicht so mürrisch und müsste nicht so staubtrocken durchs Leben wandeln. Wahrscheinlich sprach er abends sehr wohl mit seiner toten Frau, verweigerte aber einen Plausch mit den Geistern, die ihm gelegentlich über die Schulter schauten. Entweder glaubte man daran oder nicht. Das machte doch überhaupt keinen Sinn, hier zu differenzieren. Egal, ob aus einer Sehnsucht heraus oder der Vernunft zum Trotz. Jedenfalls hatte man stets die Wahl. Jeder durfte mit dem Tod und der Vernunft doch machen, was er mochte. Das Befassen mit der Vergänglichkeit machte alles doch erst wesentlich und mit Geistern der Vergangenheit zusätzlich vergnüglich. So war es kein kindliches Getue, sondern eine Gabe. Beides zu verbinden, war mehr als nur sinnvoll. Wenn ihm durch die Trauer also der Lebenssinn verlorengegangen war, dann brauchte er doch genau das.

In der feuchten Erde entdeckte sie nun einen Feuersalamander. Trotz seiner knalligen Farbe war er bestens getarnt. Die Farbe schrie sie an und ließ ihn doch gleichzeitig im Laub verschwinden. Würde sie sich nicht von seiner Farbe abschrecken lassen, so hätte der kleine Kerl keine Scheu, sie anzuspucken. Wenn sie nur kann, belügt und täuscht sie dich frech, die Natur, dachte sie. »Und er hasst Metaphern!«, sagte sie nun zum Feuersalamander. »Klar«, sagte der, »natürlich tut er das.« Er wollte sich zur Sicherheit lieber nicht mit diesem gesprächigen Menschen auf ein Schwätzchen einlassen und so wedelte er davon. Er fürchtete sich vor Menschen, weil sie logen und betrogen. »Ich finde Metaphern wunderbar«, rief sie ihm hinterher. Der Feuersalamander schaute, dass er weiterkam. Die Frau, die aus allen Eindrücken und Tönen Bilder im Kopf entstehen ließ, schaffte nichts als Abbilder der Realität den ganzen Tag über. Somit war sie selber die Personifizierung einer Metapher.

Die Frau hatte festgestellt, dass es nun allerhöchste Zeit war, dem Flötenspieler Worte für seine Trauer und seine im Sarkasmus ertränkte Gefühlswelt zur Verfügung zu stellen, damit er aus seiner Depression herausfinden konnte. Mit Worten konnte man doch so wunderbar seine Welt ordnen. So ging das nicht weiter. Also schickte sie ihm einen Brief, in dem folgende Geschichte stand:

»Es war einmal eine manische Bergziege im mittleren Alter. Sie war etwas mager, aber zäh. Sie hatte schon vielen Bergzicklein gezeigt, wie man sicher durchs Leben kam, aber selbst liebte sie immer noch das Abenteuer und sprang über die tiefsten Schluchten. So eine unvernünftige Bergziege war das! Im tiefen Tale, da streifte ein trauriger beratungsresistenter Wolf umher. Egal, was er tat, er sorgte für Aufregung und Gesprächsstoff. Er war immer allein unterwegs. So konnte er grimmig sein und tun, wie er wollte. Sein Ruf als Flötenspieler war weit über die Grenzen des Tales hinaus verbreitet. Wenn jemand den Wolf entdeckte, da hörte man ein ›Ahh!!‹ und ein ›Ohh!!‹ Wenn jemand die Bergziege erspähte, dann winkten alle bloß ab: ›Ach ... eine Bergziege ist es nur.‹ Die Ziege fand den einsamen zotteligen Wolf aufregend, aber sie wusste, er würde sie früher oder später auffressen. Trotzdem hüpfte sie ständig genau die steilen Hänge entlang, auf denen der Wolf nach ihr Ausschau hielt.

Als der Wolf schließlich auf die Bergziege traf, zeigte er sich von seiner besten Seite, denn er fand sie sehr nett und er wusste, mit ihrer Hilfe könnte er bestimmt weniger grimmig sein, ja vielleicht sogar ein bisschen fröhlich werden. Er umschmeichelte und umwarb die alte Geiß und lud sie auf ein Wasser ein. Die Bergziege ließ sich das gerne gefallen. Sie fühlte sich endlich wieder gebraucht. Schließlich stieg sie, erst zögerlich dann flott, herunter vom Berg, um mit ihm am Bächlein zu trinken. Da konnte der Wolf sein Glück gar nicht fassen! Aber wie sie mit ihrem Hinterteil dahergewackelt kam, fiel ihm auf einmal ein, dass er mit einer Bergziege eigentlich doch nicht so recht etwas anzufangen wusste. Eigentlich wollte er seine Streifzüge allein fortsetzen. Er wollte sich um niemanden mehr kümmern müssen. Er hatte zu allem Überfluss auch keine Lust mehr, für Ahhs und Ohhs zu sorgen. ›Ja, so ein Mist!‹, dachte sich da der Wolf. ›Was mach ich denn jetzt mit dieser dummen Ziege?‹ Doch die Bergziege hüpfte nach dem ersten Zusammentreffen am Bach flugs wieder übers Geröll die Hänge hinauf und graste gemütlich die Alpenkräuter ab.

Schließlich wurde ihr die Ereignislosigkeit aber fad, denn sie war ja eine unternehmungslustige Ziege. Sie ärgerte sich außerdem, dass der Wolf nicht mehr versuchte, mit ihr zu trinken. Er schrieb ihr zwar ab und an, gab sich aber grundsätzlich höchst beschäftigt. Da wurde die Ziege traurig, denn sie hatte das Gefühl, der Wolf und sie würden sich noch sehr viel zu erzählen haben, auch wenn sie gerne im warmen Süden Thymian und Rosmarin aß und der Wolf lieber im kalten Norden bei Sonnenuntergängen Trübsal blies. Da versuchte die Bergziege, den Wolf für die Ideologie der Romantik und des Optimismus und der Realitätsverweigerung zu begeistern. Sie schrieb und schrieb und hatte allergrößtes Vergnügen, indem sie sich vorstellte, dass der Wolf, wenn er ihre Geschichten las, sich davonstahl von seinem traurigen Dasein und so in ihr Zauberreich übertrat. Das würde sie sehr einflussreich machen.

Unglücklicherweise überkamen die Bergziege in regelmäßigen Abständen Zweifel, ob der Wolf überhaupt die Fähigkeit hatte, auf diese gewiefte Art seiner Trauer zu entfliehen. Beziehungsweise, ob sie genug Zauberkräfte übrighatte, den Wolf mit ihrer Fantasie auf Reisen zu schicken. Die Idee gefiel ihr nämlich so gut, dass sie nicht mehr von der Vorstellung, ihn fröhlich zu machen, ablassen wollte.

Leider steckte der Wolf bis über seine strubbeligen grauen Ohren in Selbstmitleid und Sarkasmus fest. Er erkannte die Chance seines Lebens nicht, das Wohlwollen dieser bemerkenswerten Bergziege. Und unglücklicherweise überkamen den Wolf in regelmäßigen Abständen Zweifel, ob er überhaupt die Kraft hatte, je wieder aus der Depression herauszufinden. Außerdem war es doch langfristig ungünstig, Appetit auf eine Bergziege zu haben. Die Idee gefiel ihm nämlich so gut, dass er Angst hatte, noch einmal enttäuscht zu werden. Ein weiterer Verlust würde ihn endgültig zerstören.

Tja, und so ging das eine Weile. Die dumme Ziege versuchte zu zaubern und der böse Wolf versuchte, es nicht zuzulassen. Und was ich so höre, soll die Ziege ein bisschen gezaubert haben und der Wolf soll das ein bisschen zugelassen haben. Aber Genaueres weiß kein Mensch und auch keine Bergziege. Nur der Wolf weiß das, ganz tief in seinem Herzen. Und es kann auch niemand wissen, ob die Bergziege vom Wolf tatsächlich gefressen wurde am Ende der Geschichte.«

## *Herbststurm*

Und der Flötenspieler hatte gar nicht auf den Brief reagiert. Die Frau war frustriert und auch etwas beleidigt über das Ausbleiben einer Reaktion auf ihre so wundervolle Geschichte. Vielleicht konnte er dazu nichts sagen – oder er hatte tatsächlich nichts dazu zu sagen. Das würde einen gewaltigen Unterschied machen.

Doch dann war es wieder der Flötenspieler, der nach einer Weile schrieb: »Plötzlich ist es Herbst geworden und ich habe Angst vor der Kälte. Und du? Du hast es bestimmt immer lustig.«

Die Frau antwortete: »Noch immer kein Optimismus und kein Zauber in dir? Alles, was du vermisst, verpasst, vergeudest – das, was dich quält, kommt pausenlos oder niemals daher. Je nachdem, in welche Richtung du blickst.«

Der Flötenspieler schrieb zurück: »Der Blick in die Zukunft ist ohne Verluste. Aber vage und voller Bedrohungen, denn es ist ohnehin ein Blick ins Verderben. Ich schaue jetzt daher dumme Serien im Fernsehen.«

»Wir können uns treffen, wenn du magst«, schrieb die Frau zurück. »Ich kenne da einen Wald, den Zauberwald des Optimismus ...«

Es war ein richtig prächtiger Herbsttag. Die Blätter spielten verrückt und rauschten und sausten und flogen den beiden um die Ohren. Es war ein hysterisches Treiben. Eine letzte Ausgelassenheit, bevor der stille Winter Einzug hielt. Die Luft war klar und die Schärfe der Bilder schmerzte sogar ein wenig in den Augen. Als wollten sich die Farben in die Netzhaut einbrennen, um als bunter Eindruck in Erinnerung zu bleiben, bevor Grau das Kommando übernahm.

»Meine Herrschaften!«, sagte der Flötenspieler. »Hier herrscht aber ein hysterisches Treiben!«, dabei musste er die Mütze festhalten.

»Ja, nicht sonderlich gemütlich, aber großartig, wie alles aufgeregt tanzt und wirbelt.« Sie sammelte die buntesten Blätter am Weg und hielt sie gefächert in der Hand, blickte durch sie hindurch gegen die Sonne. Die Frau fand keinen Einstieg zu den Worten, die sie sagen wollte über die Dinge, die sie beschäftigten. Zum Glück hielt der Wind sie so beschäftigt, dass es nicht weiter unangenehm auffiel, dass sie eigentlich innerlich strauchelte.

Im Großen und Ganzen wollte sie dem Flötenspieler Folgendes sagen: »Flötenspieler! Ein unausgesprochener Vorwurf vergiftet unsere Freundschaft. Ich merke doch, du verachtest mich insgeheim wegen meiner Geister. Du magst sie nicht, die Bergziege und den Wolf. Du findest, ich stehle mich aus der Verantwortung für mein Leben, indem ich Tiere sprechen lasse und die *krawutischen* Kobolde. Aber du, mein mürrischer Freund, tust das ebenso! Du kehrst der Welt den Rücken zu und lässt alle allein zurück. Damit konfrontierst du dich ebenso wenig mit dem Leben. Mehr noch: Du belächelst mich und meine Geister und blickst auf mich herab. Doch gab es Hochkulturen, die hatten heilige Mistkäfer und die Hindus vergöttern die Kuh. Wieso respektierst du, wenn man sich heilige Kühe hält, aber nicht, wenn man mit Geistern Freundschaft schließt? Es mag sein, dass ich in die Fantasiewelt flüchte, aber aus Freude und Spaß dran. Du aber flüchtest vor dem Leben aus Freudlosigkeit und Abscheu. Wer lustvoll lebt und sinnlich, steht zumindest mit sich selbst in Beziehung.

Und nur so kann man in Verbindung stehen mit sich und der Welt. Und nur so kann man sich spüren. Und nur so kann man die Not und das Leid anderer spüren.

Bevor du in dich hineinblickst, blickst du lieber auf die Welt herab. Stellst du denn dabei dein Leben in den Dienst einer Sache? Eben! Also erzähl mir nichts von Verantwortung.«

Der letzte Satz wollte scheinbar unbedingt über ihre Lippen und so entkam er dann auch.

»Wie bitte? Was ist mit der Verantwortung?«, fragte er nach.

Der Herbststurm blies ihnen um die Ohren und trug ihr seine Stimme so rasant zu, dass sie zusammenzuckte. »Ah ...«, stammelte sie, »ich meine Verantwortung für dein Lebensglück ... übernehmen ... Die Verantwortung musst du selbst übernehmen.«

»Wie? Du meinst also, ich soll mich etwas zusammenreißen, ja? Jeder ist seines eigenen Glückes Schmied, hm? ... Ist es das, was du meinst?«

Die Frau schwieg.

»Ist es das, was du mir sagen willst?«, fragte er noch einmal nach. Sie wünschte, seine Stimme würde nicht so daherpeitschen. Und plötzlich kamen ihr Zweifel, ob der Wind alleine Schuld daran hatte.

»Ach, so ist das also!«, schimpfte er boshaft darauf los.

Die Frau seufzte.

Plötzlich fasste er sie an den Schultern und drehte sie zu sich, um ihr direkt in die Augen zu blicken, und sagte: »Glaubst du denn, es ist lustig da, wo ich feststecke ... dass mir das Freude bereitet?« Die farbberauschte Waldfee auf der rechten Schulter des Flötenspielers färbte sich augenblicklich tiefrot.

»Ui«, dachte die Frau, um sich abzulenken, »die färbt sich ja um wie ein Wettermännchen! Wie drollig! – Verarbeitungsmechanismus. – Wie kann er, der hier wie ein Marktschreier herumschreit, dabei alles Wesentliche im Innern lassen? Er hält wenig vom dialogischen Prinzip.«

»Nein, das glaube ich natürlich nicht. Aber ich glaube, dass du ein Visavis brauchst, um dich zu öffnen. Um voranzukommen ...« Dabei standen sie sich vis-à-vis. »Warum sprichst du mit mir nur über die dingliche Welt, aber nicht über dich? Der österreichische Philosoph Martin Buber erklärte die Haltung der Menschen zueinander, indem er zwischen ICH und DU und ICH und ES unterschied. ›Die verlängerten Linien der Beziehungen schneiden sich im ewigen Du‹, eine Art Kulmination aller menschlichen Beziehung. Alles wirkliche Leben ist Begegnung und Beziehung. Ich und Es hingegen hält auf Distanz und schließt jede wahrhaftige Verbindung aus.«

Sie schauten einander tief in die Augen.

»Und jetzt zupf etwas von dem Moos hier aus dem Waldboden und schnuppere daran! Aber schließ dabei die Augen.«

Der Flötenspieler riss ein Polster von giftgrünem Moos aus und hielt es der Frau unter die Nase. »Schnupper du doch daran«, gab er zurück. Die Waldfee färbte sich giftig grün. Der Flötenspieler ließ das Polster über die Schulter der Frau davonsegeln.

Eigentlich wollte er gerne noch nachsetzen: »Ich versuche, die meiste Zeit mit Schlafen auszulöschen. Denn sobald ich wach bin, weiß ich nicht, worauf ich warte. Das Warten verlangsamt wieder meinen Tag und so muss ich die gewonnenen Stunden wieder fortschlafen. Das rechnet sich nicht. Es ist ein Jammer. In der Nacht liege ich dann wach und die Nacht erdrückt mich. Ich denke über den Tod nach, über das komplette Aus, und eine Fassungslosigkeit über diese Grausamkeit überkommt mich. Wie kann irgendwer mit so einer Prognose überhaupt einen einzigen fröhlichen Tag erleben? Ich atme wie verrückt, die Kehle schnürt sich zu und ich kämpfe gegen die oder mit der aufkommenden Panik. Ich weiß es nicht. Wie kann jemand sagen, dass er keine Angst hat vor diesem finsteren Loch? Ich begreife das nicht! Denn zeitgleich habe ich die Sehnsucht nach ewigem Schlafen. Es ist verrückt. Einfach verrückt. Ich vermisse sie so.«

Der Flötenspieler kämpfte. Er kämpfte gegen die Tränen, er kämpfte gegen seine Wut, er kämpfte gegen seine Hilflosigkeit und all seine aufkommenden Gefühle. Und jetzt musste er auch noch gegen diese Frau kämpfen, die einfach nicht zulassen wollte, dass er diesen Kampf gewinnen konnte. »In der griechischen Mythologie ist das Elysion das Paradies. Ein Ort des Vergessens. Ein Ort des Friedens und der Harmonie, umgeben vom Wald des Optimismus. Zauber mich eben da hin, wenn du kannst. Bitte schön! Ich warte. Was ist nun mit deiner Hexenkunst?«

Wieder war die Frau verzweifelt. Eigentlich hätte sie das ewige Du am liebsten wieder stehengelassen, weil er sich so aufführte.

Aber er war so traurig. Und traurige Menschen hatten Zauberkräfte. Und da sie seine Seele lesen konnte, sagte sie: »Wir alle blicken doch ins finstere Loch. Deshalb öffne ich dir doch sperrangelweit die Pforte zu einem Licht ... damit du hineinblicken kannst ins Paradies«, sagte sie leise. »Aber hineinschauen musst du schon selbst.«

»Wieso tust du das?«, fragte sie nun der Flötenspieler und funkelte sie noch immer bitter an, aus Augen voller Tränen von Zorn und Traurigkeit. Augen voller flüssiger Gefühle.

Die Frau fürchtete sich ein wenig davor, was als Nächstes kommen würde. »Ich fürchte mich ein wenig davor, was als Nächstes kommt«, sagte sie daher.

»Wieso verbringst du deine Zeit mit mir? Warum verschwenden wir unsere Zeit?«, fragte der Flötenspieler und seine Geradlinigkeit knallte der Frau schmerzhaft ins Gesicht.

»Das frag ich mich schon die längste Zeit«, sagte die Frau. »Weil ich die Hüterin und Beschützerin des Reiches der Waldgeister bin, natürlich. Was iss'n das für eine Frage? Jemand muss dich doch retten!«, dachte sie bei sich. »Und du sollst mich in dein Reich der Musik führen. Ich möchte seine Tiefe verstehen. Nimm mich dahin mit«, flehten ihre Augen.

Sie wollte sich einfach vollkommen dem Rausch der Musik hingeben und dahinter blicken, ihre sensorische Wahrnehmung und seine Betrachtung der Musik vom Intellekt her zu einer Einheit verschmelzen lassen. Schopenhauer war der Ansicht, der einzige Ausweg der Menschheit aus dem Jammertal liege in der lustvollen Kunst oder in der Abtötung des Willens. Da war ihr Ersteres, also das Ergründen dieser Kraft, die in der

Musik lag, schon lieber. Schopenhauer war auch ein fürchterlicher Misanthrop gewesen.

Die Frau hatte Zeit ihres Lebens kleine Trophäen gesammelt. In ihrem Haus stand ein Tabernakel voller Schneckenhäuser, Steine, Federn, Zettelchen und anderer kleiner Schätze, die sie von überallher mit nach Hause gebracht hatte. Dieses Möbelstück war ein Schrank der Erinnerungen. Als Kind war sie einmal mit ihrer Familie zum Nachmittagstee in ein herrschaftliches Haus eingeladen gewesen. Die breite Einfahrt und der weiß gekieste Vorplatz mit einer alten Rosskastanie in der Mitte, all das beeindruckte sie. Die vielen Räume und hohen Zimmer in der Villa katapultierten sie für den ganzen Nachmittag in eine Fantasiewelt voller imposanter Figuren von Diener- und Herrschaft. Herrliches Schuhgeklapper hallte durchs ganze Haus. In einer Art Setzkasten fand sie einen glitzernden Bergkristall, den sie an sich nahm. Beim Abschied setzte die Mutter das Kind auf eine antike Bank, um ihm die Schnürsenkel zu binden. Da zeigte sie den Eltern ihren Kristall, wohl um ihr schlechtes Gewissen zu beruhigen.

»Woher hast du den denn, du kleiner Waldschrat?«, fragten die Eltern.

»Den habe ich draußen im Schotter gefunden«, log das Kind und die Beinchen zappelten in der Luft, als wollten sie sich aus dem Staub machen.

Die Eltern beäugten den Schatz und blickten ihre Tochter voller Misstrauen an. Natürlich erkannten die hinzugekommenen Gastgeber ihren Kristall. Aber in der Welt eines Kindes schien es ganz und gar unmöglich, in einem so riesigen Haus auch nur annähernd all die Gegenstände zu kennen, die sich darin befanden. Viel zu viele waren es, und das Haus war viel zu herrschaftlich. Der Gastgeber nahm nun den Kristall und drehte ihn, um ihn genauer zu inspizieren. Das Mädchen wünschte sich vergraben unter den vielen Kieselsteinen im Garten, so sehr schämte es sich.

»In unserer Einfahrt?! Soso«, sagte der Mann langsam und mit tiefer Stimme.

Das Mädchen fiel beinahe von der Bank. Da erhellte sich seine Miene und er reichte dem Kind den Stein. Er klopfte ihm auf die Schultern und sagte: »Was für einen wertvollen Diamanten du da gefunden hast! Und wir hatten ihn direkt vor unserer Türe liegen. Na, so ein Glück für dich!«

Die Eltern lächelten milde und das Mädchen konnte sein doppeltes Glück gar nicht fassen. Seither nahm sie sich immer kleine Trophäen mit nach Hause, von bemerkenswerten Plätzen oder nach bemerkenswerten Ereignissen.

»Ich habe ganz vergessen, dir zu sagen, dass ich in nächster Zeit nicht in die Stadt kommen werde. Ich habe einiges zu erledigen«, sagte nun der Flötenspieler trocken.

Da stand sie wieder vor ihr, die Sachlichkeit. Sie blickte ungerührt auf die Emotion, wie die sich krümmte und wand und schließlich unterging.

Die gekrümmte Frau ließ die schönen bunten Blätter einfach fallen. Sie brauchte heute keine Trophäen mit nach Hause zu tragen.

»Zumindest hat er damit aufgehört, Zuflucht zu nehmen zu irgendwelchen unsinnigen Behauptungen, um seine Gefühle zu verbergen«, sagte die Stimme in ihrem Kopf.

Als der Flötenspieler sich verabschiedete, steckte er ihr eine Karte zu. Auf der stand in nahezu unleserlicher Handschrift Folgendes: »Der Wolf war bekannt dafür, seinen Worten stets Taten folgen zu lassen. Daher sagte er auch nie etwas, bevor die Zeit nicht reif dafür war. Es wäre fatal für ihn gewesen, nicht ständig dafür zu sorgen, dass ihn jeder als Musiker ernstnahm, sonst würde er zum Witz des Waldes degradiert werden. Deshalb durfte nie jemand je an seiner Vorherrschaft im Walde zweifeln. Ihm war klar, einmal einzuknicken, wäre tödlich für einen Wolf seines Kalibers. Das müsste böse enden: Das Publikum würde ihn holen und erschießen.«

Der Herbststurm erfasste die Karte und trug sie davon. »Mir doch egal«, musste die Frau sich einreden, denn es war ihr nicht egal.

## *Flughafentraum*

Ich stehe am Flughafen und krame nach meinem Pass. Ich entdecke sogar zwei Pässe! In meiner Handtasche befindet sich mein Strickzeug. Ich stricke rote Socken. Als ich mich der Kontrolle nähere, kommen mir Zweifel, ob ich mich mit zwei Pässen, wovon einer nicht einmal meiner ist, eventuell verdächtig mache.

Die Beamtin durchwühlt meine Geldtasche und sagt streng: »Ihr Führerschein ist ja längst abgelaufen!«

Ich denke mir: »Das ist mein geringstes Problem. Ich fahr

doch nicht mit dem Auto zum Nordpol.« Ich entschuldige mich dennoch kleinlaut und biete ihr an, ihn gleich hier vor ihren Augen wegzuwerfen.

Sie empfiehlt mir aber, ihn zu behalten. »Den können sie am Nordpol für sehr gutes Geld verkaufen«, flüstert sie mir unter vorgehaltener Hand zu.

»Oookay«, denke ich mir. »Aha, soso, ja danke schön!«, sage ich.

Dann bittet sie mich, in die Tasche schauen zu dürfen. Ich denke mir: »O Mist, fünf Stricknadeln ... das wird schwierig.« Beim Öffnen der Tasche fällt mir noch dazu ein Küchenmesser heraus und schlittert zwischen den Beinen der Beamtin den Boden entlang bis weiter zur nächsten Kontrollstation. »Uff«, denke ich. Doch da hebt die zweite Beamtin schon mein Messer auf und deutet damit zu mir, hebt ihre Augenbrauen fragend und misstrauisch. Ich zeige auf das Strickzeug und deute ihr verlegen mit einer Geste an, dass ich das Messer zum Durchschneiden der roten Wolle brauche. Dabei reiße ich die Augen weit auf und ziehe meine Mundwinkel schief hinunter. Ich versuche, ihr damit zu verstehen zu geben: »Ich weiß, es ist schwer zu glauben, aber ich will echt niemanden damit verletzen. Ich kann nachvollziehen, wenn Sie mir das nicht abkaufen.« Wir starren uns eine Weile an.

Da erhellt sich ihr Gesicht und sie nickt. Sie reicht mir freundlich das Messer und zwinkert mir zu. »Ach ... stricken. Wie nett«, seufzt sie.

Hinter mir steht ein pummeliger Typ. Schweißperlen sammeln sich auf seiner Stirn. Er kramt verzweifelt in seiner Tasche.

Und ich weiß genau, er sucht nach seinem Pass, der unter meinem Strickzeug verborgen in der Tasche liegt. Ich denke mir, den am Nordpol zu verkaufen, bringt sicher noch mehr ein als mein abgelaufener Führerschein.

»Das habe ich heute Nacht geträumt«, erzählte die Frau dem Lieblingsmenschen. »Ich wollte zu ihm fliegen. Obwohl ich glaube, ich reiche ihm an Bedeutung nicht einmal bis zur Hüfte. Ich fürchte, er findet mich absurd mit meinen Märchen.« Die Frau saß auf dem Sofa und strickte rote Socken. Das tat sie jedes Jahr in den kalten Monaten. Dabei trug sie bereits rote Socken, die allerdings nur eine Saison lang hielten, bis sie viel zu löchrig geworden waren, um sie noch stopfen zu können.

»Das ist ein sonderbarer Traum. Wieso willst du denn unbedingt deine Zeit mit ihm verbringen, wenn er doch offensichtlich nichts mit dir zu tun haben will?«, fragte der Lieblingsmensch und kraulte ihren Hund.

Die Frau hatte ihr vom Flötenspieler erzählt. So liebevoll war sie mit ihrem Hund und ihr knallte sie diese Frage hin. »Ich weiß nicht, was es ist. Es ist die Trauer und seine Zerrissenheit, die mich so berühren. Ich habe das Verlangen, ihm zu helfen. – Unsere Gespräche sind so interessant. Ihn halten dieselben Gedanken wach. Er denkt sie nur oft in andere Richtungen zu Ende. Es ist seine Art, mir und dem Leben zu zeigen, dass er um Hilfe fleht. ›Schaut doch her, wie grimmig ich bin. In welch schlechter Verfassung!‹ Er möchte gerettet werden. Und ich möchte die Welt retten und bin auch der Meinung, dass die Welt in Balance zu bringen ist, wo und wie man nur kann. Auch wenn man auf der Straße eine Weinbergschnecke mit ihrem Fibonacci-Spiralen-Haus in ihr Verderben kriechen sieht, dann muss man sie doch in die Wiese setzen. Schon jedes einzelne Schneckenhaus ist ein Wunder der Schöpfung. Ich finde, man sollte immer darum bemüht sein, alles ins Lot zu bringen. Und dieser Mann ist völlig in Schräglage geraten. Er gehört komplett aufgerichtet. Eigentlich ist er ein durch den Tod herbeigeführter Kollateralschaden.« Sie legte das Strickzeug auf ihrem Schoß ab. »Deshalb fühle ich eine tiefe Verbundenheit. Und dann ist da die Musik! Eigentlich wäre ich gerne seine Muse. So wie Alma Mahler. Die hatte ein so aufregendes Leben.«

»Eine Muse?!«, rief der Lieblingsmensch abschätzig auf. »Bist du noch zu retten? Wenn ich das schon höre. Ich bitte dich! In welcher Zeit lebst du denn?«, japste sie und sprang hoch. »Komm! Wir gehen spazieren. Wir müssen dringend dein Gehirn lüften.«

Die beiden wanderten durch den Wald. Ein Waldschrat und einige Nebelgeister begleiteten sie auf ihrem Weg. Wieder pfiff der Herbstwind.

»Alma Mahler war eine üble Trinkerin und im Übrigen auch eine Antisemitin. Also keine Verehrung nötig. Ich dachte außerdem, dem Verehren wären wir entwachsen. Muse?!«, schimpfte sie weiter, wie es die Kesselflicker taten. »Zwar stecken unsere Füße in warmen Omasocken, aber wir sind doch moderne und selbstbestimmte Frauen!«

Die Frau mochte es nicht sonderlich gerne, wenn der Lieblingsmensch sie mit »wir« ansprach. Dadurch fühlte sie sich entmündigt und nicht sonderlich modern und selbstbestimmt. »Ach, komm schon«, sagte die Frau. »Weißt du, jeder Körper behält seine Geschwindigkeit und Richtung so lange bei, wie er nicht durch äußere Kräfte gezwungen ist, seinen Bewegungszustand zu ändern: Erstes Newtonsches Gesetz. Ich möchte diese eine gewaltige äußere Kraft sein, damit er die Richtung ändert.«

Sie wanderten über eine Lichtung.

»Schon die Höhlenfrau hat sich vom egoistischen, aggressiven und ehrgeizigen Mann sexuell angezogen gefühlt. Und warum? Weil das Attribute waren, die sicherstellten, dass der Höhlenmann am Abend mit Beute heimkam. Es ist die Ur-Frau in mir, die ihn attraktiv findet. Das Mufflon mit dem größten Dickschädel findet als Erstes ein Bergschaf.« Die Frau hob ihre Schultern an und blickte unschuldig.

»Ja, das bist du dann wohl. Ein Bergschaf. Der kommt mit keiner Beute heim. Jetzt nicht, und das wird er auch niemals«, sagte der Lieblingsmensch. »Glaubst du denn, er wird sich dir jemals anvertrauen? Man muss schon von Natur aus der Typ dazu sein, um über seine Probleme zu reden.«

Sie kamen durch einen Jungwald.

»Du stehst also auf ihn. Soso.«

»Ich finde ihn eigentlich derzeit recht blöd. Er ist gemein.«

»Also?«

»Ich würde neben so einem Menschen ohnedies zugrunde gehen.«

Der Lieblingsmensch hob die Brauen und forderte kopfnickend nach der Antwort auf die Frage.

»Ich halte ihn nur für sehr kurze Zeit aus, denn er ist egoman, bemüht sich nicht um mich, und außerdem schert er sich Nüsse darum, was ich von seinem rüden Benehmen halte. Er macht sich nicht schmackhaft für mich. Er fragt nicht ein einziges Mal nach meinem Befinden. Alles dreht sich allein um ihn.«

»Ojemine. Er erfüllt das Klischee eines Künstlers«, sagte der Lieblingsmensch. »Aber du fühlst dich von ihm sapiosexuell angezogen!«

»Wovon fühl ich mich angezogen?«

»Du stehst auf seinen Intellekt. Ojemine, ojemine. Du bist mir ein gar zu dämliches Bergschaf«, sagte sie noch.

»Mach dich nicht über meine fabelhafte Tierwelt lustig.«

»Das tu ich nicht. Ich mache mich über dich lustig.«

»Ich habe gelesen, dass es früher einmal die Idee eines ›Systems der Zwecke‹ gab. Man dachte, es gäbe eine Art Ur-Harmonie auf der Erde. Wie ein Pendel zweier Uhren, ein Tanz der Wechselwirkung. Ein Prinzip, nach dem alles von Anbeginn aufeinander ausgerichtet ist. Alles folgt einer eigenen Dynamik. Wahrnehmung und Wahrgenommenes, Geist und Körper, Empfindung und Bewegung. Der Urheber dieser Harmonie ist Gott, Schöpfer aller Dinge, spirituelle Atome, die Monaden heißen. Und das, bitte schön, ist nicht Science-Fiction, sondern Philosophie!«

»Aber auf Erden herrscht alles andere als Harmonie«, sagte der Lieblingsmensch. »In jedem Fall ist es dasselbe Verlangen, das ich in mir habe! Auszubalancieren und alles ins Lot zu bringen ... ticktack ...«, und damit imitierte sie mit ihrem Zeigefinger das Pendel eines Metronoms.

»Erst als mit der Aufklärung der Schöpfer mehr oder weniger ausgedient hatte, war es dann doch der Mensch, der die Schuld trug an all dem Gräuel dieser Erde. Das war das Ende der Theodizee, der Rechtfertigung Gottes angesichts des Übels auf der

Welt. Seither kann man sich auf niemanden mehr herausreden als auf seinen Nächsten. Von da an musste immer irgendwer für irgendwas den Kopf hinhalten. Auch für zu heißen Kaffee. Leibniz, der Begründer dieser bizarren Pendeltheorie, der war erster Präsident der Berliner Akademie der Wissenschaften. Ist das nicht brillant? Was für eine verrückte Welt! Ich halte mir zum Zeitvertreib Zauberwesen und der erste Präsident der Wissenschaften glaubt an spirituelle Monaden.«

»Ja, meine liebe kleine Waldfee. Aber wie du ja selbst sagst: Da liegt eine Aufklärung dazwischen. Und zwischen dir und dem Höhlenmann eine ganze Menschheit. Und zwischen dir und dem Flötenspieler scheinbar eine ganze Persönlichkeit.«

»Trotzdem!«, sagte die Waldfee trotzig. »Die Realität vermasselt mir viel zu oft den Tag. Es ist doch ein Jammer, dass die Sachlichkeit immer die Emotion schlagen muss.« Sie war eben ein Machmensch und kein Sachmensch.

Die Frau und der Lieblingsmensch hatten inzwischen im Wald auf einem umgefallenen Baum Platz genommen. Die Nebelgeister hatten sich verzogen. Der Hund pendelte vor den Frauen hin und her, je nachdem, welche der beiden den Fichtenzapfen in den Händen hielt, um ihn über den Hund hinweg durch die Luft zu schleudern.

»Schau dir an, wie klar nun plötzlich die Sicht ist. Die Wolken schauen aus, als könne man sie angreifen. Was siehst du denn in den Wolken? Schau, Liza Minelli!«, sagte der Lieblingsmensch und deutete auf ein Wolkengebilde.

»Das ist doch ein Mumin«, gab die Frau zurück und fühlte sich unterbrochen. Sie hatte gerade eine nette Unterhaltung mit einer Lichtgestalt aus Wolken geführt. Jetzt war die Lichtgestalt natürlich verschwunden. »Ein Wissenschaftler würde durch die Wolken nur leer hindurchblicken oder er würde jetzt sagen: ›Schau! Cirrus Floccus, Cumulonimbus oder Altocumulus.‹«

»Ein Analytiker sieht bestimmt auch keine Ähnlichkeiten mit Watte.«

»Oder vielleicht sieht er auch Liza, kommt sich aber dabei albern vor ...«

»Oder Schäfchen und Karfiol ...«

»... und vergnügt sich darüber heimlich nach innen, doch nach außen, so glaubt er fälschlicherweise, kann er nur mit Fachwissen punkten.«

»Ein Analytiker mit Minderwertigkeitskomplex. Ein Opfer von Erziehungsfehlern. Das ist traurig und schwer zu ertragen.«

Die Wolkenbilder zogen hastig über ihre Köpfe hinweg, als hätten sie anderswo eine wichtige Verabredung und wären schon spät dran.

»Und unoriginelle Sternennamen! Das ist auch schwer zu ertragen. Wohl sind uns noch die alten griechischen Bezeichnungen der astrologischen Sternenbilder erhalten geblieben, aber die astronomischen Bezeichnungen von Orions Schwert, die heißen heute B33 im Emissionsnebel IC434, M42 und M43. Ich meine ... was ist denn das für eine fantasielose Bezeichnung für einen funkelnden Sternennebel! Sie nimmt der Schönheit die Würde!«

Die Frau dachte über ihre Wasserdampfbilder nach. Oft wäre es schön, aus alltäglichen Ereignissen der dinglichen Welt ein Wasserdampfbild zu machen und davonziehen zu lassen.

Da sie das Alltägliche oft ermüdete oder langweilte, hielt sie Ausschau nach Begegnungen, die nicht einfache Begegnungen blieben, sondern aus denen Gefährten, Lehrmeister, Wegweiser und Hinweisgeber werden konnten. So wie die Begegnung mit der eleganten Frau am Flughafen. Sie hinterfragte und studierte all ihre ungewöhnlichen Erfahrungen nach ihrem Sinn. Sie untersuchte, wie sie ihr nutzen konnten. Sei es zum Vergnügen oder als ernsthafte Auseinandersetzung. Daher mochte sie ihre Mitmenschen, aber doch, dachte sie, benützte sie sie für ihre Zwecke. In alle Beziehungen legte sie Symbolik und Mystik. Neue Erfahrungen setzten alles Bestehende in eine neue Ordnung. Das half ihr, sich ein wenig zu befreien von ihrer Zugehörigkeit und ursprünglichen Identität. Das brachte sie voran, denn sie vertrug ihn nicht sonderlich gut, den Stillstand. Unsichtbare Fäden zog sie aus Bagatellen und daraus flocht sie Märchen. Gute sowie auch traurige Märchen. Denn die Märchen halfen ihr, den Blick auf die Realität zu schärfen, auf das große Zusammenspiel. Dass alles zusammengehörte und wie alles zusammenspielte. Die Wolken zogen fort, aber es würden immer neue nachfolgen. Jedes neue Bild eine neue Symbolik, eine neue Nachricht aus dem Universum an sie.

»Ich möchte zu gerne wissen, was der Flötenspieler über die Musik denkt. Ich glaube, seine Seele birgt ein ultimatives Geheimnis. You see a man's face but you'll never know his thoughts«, schweiften schließlich die Gedanken der Frau von den Sternen nun in Richtung Musik ab.

»Es schaut so aus, als würdest du es nie lüften, sein ultimatives Geheimnis, falls es überhaupt eines gibt«, sagte der Lieblingsmensch, sie konnte keinen Faden finden.

Die beide unterhielten sich noch ein Weilchen prächtig, dann wurden sie still. Die Frau horchte auf ihr Atmen. Sie dachte noch einmal an das Pendel. Er hatte schon recht, der Leibniz, und sie atmete noch einmal ganz bewusst ein und wieder aus. Das einzelne Leben als Individuum, die ganze Menschheitsgeschichte. Immer gab es einen Aufstieg und einen Abstieg. Der Aufklärung folgt die Dekadenz, der Skepsis folgt die Mystik. Soziale Zyklen, politische Zyklen, der Lebenszyklus.

Der Hund fand nun auch endlich zur Ruhe und saß den beiden Frauen zu Füßen. Er übernahm mit großer Ernsthaftigkeit den Wachtposten und überblickte aufmerksam schnuppernd die ganze Lichtung.

»Das ist es aber, was ich möchte«, sagte die Frau. »Ich möchte in die Seele dieses Flötenspielers hineinblicken. Ich möchte wissen, woher diese Melodie gekommen ist. Ich möchte in diesen Kreislauf aufgenommen werden. Und ich möchte ihn wieder wachküssen. Er ist doch seinem Talent verpflichtet! Wir beide, er und ich, wir bilden gemeinsam einen Zyklus. Aber ich bezweifle, dass meine Zauberkraft dafür ausreicht.«

»Mit deiner Hartnäckigkeit wirst du ihn schon knacken«, sagte der Lieblingsmensch, »glaubst du nicht? Mir wäre das ja zu blöd. Ich kann deine Obsession nicht wirklich nachvollziehen.« Sie griff nach ihrer Hand, nahm ihr aber das alleinige Interesse an der Seele des Flötenspielers nicht ganz ab. Vielmehr, vermutete sie, war sie einfach nur verliebt und konnte es daher nicht ertragen, an ihn nicht mehr heranzukommen. Aber sie fand es bezaubernd, weil die Frau so rührend an ihrer Zauberkraft zweifelte.

Die Frau wusste, wie der Lieblingsmensch dachte. »Ja, vielleicht gibt es ihn wirklich nicht, diesen Kreislauf«, sagte sie daher und zweifelte wieder rührend.

»Komm, es wird kalt und heute Nacht soll es wieder stürmen.« Die Frau hüpfte auf, verabschiedete sich noch schnell von einem Faun, der die ganze Zeit über mit ihnen auf dem Stamm gesessen und immer wieder in Abständen mit »Mhm« und »Mhmm« zugestimmt oder die Stirne gekräuselt und nachdenklich den Kopf schiefgelegt hatte, wenn er anderer Meinung gewesen war.

Der Lieblingsmensch seufzte tief, legte den Arm um die Frau und sagte: »Ach, ich mag uns so gerne. Und ich muss ja nicht immer alles verstehen, was du sagst, gell?«

Und so ging ein weiterer Nachmittag eines Fauns zu Ende, an dem er erfolglos der Weiblichkeit nachgestellt hatte.

## *Sonderliche Nostalgien*

»Ich bin so aufgeregt!«, rief die Frau. »Ich kann kaum gehen, ich muss eher hopsen!« Es war Weihnachten und es hatte geschneit. »Wann haben wir denn schon so ein Adventsglück?«, sagte sie zu dem Flötenspieler. »Die verschneiten Fichten schauen ja alle aus wie Eismänner!«

Sogar der Flötenspieler war fröhlich und für seine Verhältnisse ausgelassen. Er war endlich wieder in der Stadt und hatte die Frau zu einem Konzert mitgenommen. Als sie den Aufführungssaal verlassen hatten, war die Welt bereits in Zuckerwatte gehüllt. »Komm, wir wandeln noch ein wenig durch die Gassen«, schlug der Flötenspieler vor. Ja, so unternehmungslustig war er an jenem Abend. »Was steht in deinem Brief an den Weihnachtsmann?«, fragte er nun.

Die Frau glaubte ihren Ohren nicht zu trauen. »Haben wir beide denn für heute einen Antiangriffspakt unterzeichnet? Keine unliebsamen Seitenhiebe und ein gewöhnliches Gespräch über Belanglosigkeiten? Normalerweise versuchst du doch, dieser Art von Gesprächsthemen nach Möglichkeit zu entkommen. Du bist heute so richtig nett!«

»Also? Was steht in deinem Brief?«

»Hier schreiben wir nicht an den Weihnachtsmann, sondern an das Christkind«, die Frau freute sich sehr. »Ich habe schon seit Jahren nicht mehr geschrieben.«

»Ich sehe, du misst dem Brief an den Weihnachtsmann viel zu wenig Bedeutung bei. Ich beispielsweise«, sagte er fröhlich, »wünsche mir das Buch ›Die unerträgliche Leichtigkeit des Seins‹ von Milan Kundera. Ich glaube, das ist ein sehr guter Anfang. Und dann kommt schon Neujahr, dann hätte ich dieses schreckliche Jahr auch schon geschafft.«

»Das Buch habe ich in der Schule gelesen und wahrscheinlich nicht kapiert. Also das Buch nicht vollends *umfasst*, meine ich. Denn kapieren tut man ja schnell einmal etwas. Aber umfassen bedeutet wohl, das Buch zur Gänze und in all seiner Tiefe umfassen zu können. So wie den Stamm dieses Eismannes hier«, und sie deutete auf einen Weihnachtsbaum in glitzerndem

Schneekleid vor einer glitzernden Auslage.

»So sagt man das doch nicht. Das ist einfach verkehrt! Du kannst den Sinn eines Buches erfassen, aber nicht umfassen.«

»Wohl. Denn Erfassen ist weniger als Umfassen und ich kann das sehr wohl machen, denn wer sagt, dass ich es nicht kann?«

»Ja, ich! Gerade eben. Du kannst nicht einfach Worte erfinden, wie es dir passt. Wo kommen wir denn da hin? Was würden die Germanisten dazu sagen? Die Sprachwissenschaftler? Das wäre sprachliche Anarchie.«

»Ich kann sogar noch viel mehr als das. Wenn es kein passendes Wort gibt, dann kann ich eines erfinden oder sogar ohne Worte sprechen. In *Pheromonisch* oder *Terpenisch*, wenn ich möchte, oder nur mit den Augen. Versuch, mich davon abzuhalten, wenn du nichts Besseres zu tun hast. Wird dir nicht gelingen. Und du? Wenn du es nicht kannst, die richtigen Worte zu finden, dann solltest du über die Musik erzählen, was du fühlst. So wie damals beim Sommerfest. Weißt du es noch?«

»Weißt du, ich glaube, das ist alles nichts als eine Masche von dir, diese Geilheit auf das Mystische und Sinnliche und deine Andersartigkeit. Du gibst dir viel zu viel Mühe. Das verrät dich. Und Musik, das ist nichts als eine Abfolge von Noten und die sprechen nicht. Musik hat keine Stimmbänder, so fängt es einmal an. Und du fällst darauf rein.«

Die Frau war fassungslos über so viel Boshaftigkeit. Seine erbarmungslose Offenheit als ein Zeichen von tiefer Verbundenheit zu sehen, das schaffte sie nicht, sich länger einzureden. »He! Ich meine es gut mit dir. Wieso lässt du mich dauernd abblitzen?«

»Die Frage ist doch: Wieso meinst du es gut mit mir? Ich denke, du erträgst mich einerseits mit einem wohligen Gefühl der Überlegenheit, du mit deiner vermeintlich geheilten Seele. Andererseits aber erträgst du es nicht, das Abblitzen. Weil es dich auf dich zurückweist, auf deine eigenen Baustellen. Also hat das alles nichts mit mir zu tun. Nichts mit meiner Person. Kein Altruismus weit und breit.«

Der Altruismus zuckte zusammen, sagte kleinlaut: »Ui, erwischt«, und schlich sich fort, auf und davon.

Zeitgleich zuckte auch die Frau und es verschlug ihr die Sprache. So viel böse Schwiegermutter war in diesem Mann und mit einem Mal hatte sie keine Lust mehr zu ergründen, woher das Böse kam. Auch nicht unter professioneller Aufsicht. Ausgerechnet gegen sie war seine Bitterkeit gerichtet, sie, die ihm mit so viel Verständnis und Wohlwollen begegnete. Sie war alarmiert. Seine Attacke traf sie tief in der Seele und mit gigantischer Wucht. Vielleicht hatte er also recht. Wenn es wehtat, musste man hinblicken. Vielleicht war ihr Leben, das sie glaubte, inzwischen fest im Griff zu haben, nichts als eine Fassade, und er war gerade dabei, ihre Fassade zum Einsturz zu bringen. Sie visualisierte sich in einem Gartenhäuschen ihrer Kindheit, in dessen Mitte sie stand, und alle Wände, eine nach der anderen, fielen nach außen hin um. Sie hatte plötzlich keine Lust, in einer Welt zu leben, in der er recht behielt. Während sie die längste Zeit darauf gewartet hatte, dass er für sie die Zugbrücke endlich herunterließ, um Einblicke in seine verletzte Seele zu gewähren, hatte er ihr ungeschütztes Herz mit seiner Rücksichtslosigkeit längst gestürmt. Mit seiner ritterlichen Lanze hatte er da mitten hineingetroffen. Sie glotzte ihn noch immer an und sagte schließlich: »Was zum Geier ist eigentlich los mit dir? Du kannst aufhören, mir Fehler anzulasten und herumzutrollen, nur um dich von deinen Baustellen abzulenken. Das tust du, um vor dir selbst davonzulaufen!«

»Ich? Ich laufe vor nichts davon. Das bist dann wohl eher du«, gab er sich kämpferisch und die Winteraugen funkelten.

Und so lief sie tatsächlich davon vor dem Finsteren, absurderweise durch den zauberhaften hellen Glitzerschnee. Der aber war mit einem Male auch nur noch eiskalt und gefrorenes Wasser für sie.

»Ich dachte, du magst das Kaputte!«, schrie er ihr nach. Und: »Frohe Weihnachten!«

»Ohhh, verrecke doch!«, rief sie zurück. Vielleicht mochte sie ja das Kaputte, aber sie mochte es gar nicht, wenn jemand versuchte, sie kaputtzumachen.

»Unerträgliche Leichtigkeit, erträgliche Schwere, unerträgliche Schwere und erträgliche Leichtigkeit ... Wenn du die unbeschwerte Oberflächlichkeit nicht erträgst, dann musst du es eben mit all den Dämonen aufnehmen. Nicht nur mit zwitschernden und trällernden Vogelgeistern. Du bist mir nicht gewachsen. Um es mit einem Sardonisten wie mir aufzunehmen, muss man ein dickes Fell haben und keine Flügel. Oder komplett verrückt sein«, schrieb er ihr noch in derselben Stunde.

Da die Frau nun sehr schlecht gelaunt war, entwickelte sie wie üblich ihre sonderlichen Nostalgien. Sie blickte auf ein leeres Blatt Papier und überlegte. Seit sie ein kleines Mädchen gewesen war, hatte sie nicht mehr an das Christkind geschrieben. Sie hatte damals den Brief in das Fenster gestellt, mit Keksen, und daneben eine Bienenwachskerze angezündet. Am nächsten Tag waren Brief und Kekse weg. Die Kerze war niedergebrannt und nur ein paar Krümel waren noch da. Diese Krümel hatte sie immer ehrfürchtig betrachtet. Sie waren heilige Krümel, dem Christkind aus dem Mund gefallene. Sie rückte den Sessel zurecht und schrieb:

»Liebes Christkind,

Ich schreibe dir von meinem übergroßen Kummer. So biete ich ihm einen Weg, nach außen zu fließen, und so landet er in einem gewissen Abstand und somit erträglicher vor mir auf dem Papier. So lässt er sich weitaus besser und von der Ferne betrachten. Ist mein Kummer auch noch da, so liegt er wenigstens flach vor mir. Durch das Schreiben, das Aufschreiben meiner Gedanken, wird alles schon einmal anders. Und anders ist allemal gut, wenn sich etwas so schwer anfühlt.

Ich habe jahrelang einem Toten geschrieben, um den Kummer nicht länger in mir zu halten. Seit einer Weile nun schreibe ich einem Lebenden, und wieder muss mein Herz weinen. Wie absurd eigentlich, dass ich nun an dich schreibe. Ich habe diesen leblosen Menschen spielen gehört, auf seiner Flöte. Wer so spielt, der kann doch kein schlechter Mensch sein. Er drückt nicht aus, was in Noten niedergeschrieben ist, sondern er verleiht seinem Gefühl unsterblichen Ausdruck. Seine Musik gleitet in ihrer Lebendigkeit davon. Er bleibt erschöpft und leer zurück. Es ist, als hielte die Musik ihn für ihr Medium. Er hat mich verzaubert mit dieser Musik, obwohl er der letzte Mensch auf Erden ist, der an die Zauberei glaubt. Hat er mich in die Irre geführt? Ist nichts dahinter?

Ich kann und will das nicht glauben. Und wäre es wahr, was er über mich sagt, so könnte ich es kaum ertragen. Womit steche ich ihm denn in die Wunden, dass er so aufschreien, dass er sich so gegen mich wehren muss? Warum bin ich so besessen von ihm? Es kommt mir vor, als wäre ich wahnsinnig. Irgendetwas stimmt nicht mit mir (abgesehen davon, dass ich mit Vögeln spreche und dem Christkind schreibe). Was, wenn ich jetzt daran zerbreche, so kurz vor Weihnachten?

In jedem Fall musst du mir heuer gar nichts bringen. Aber nimm bitte all meinen Kummer mit und bringe ihn für mich dahin, wo der Pfeffer wächst. Ansonsten wünsche ich von Herzen viel Erfolg für heuer und danke für den vielen wundervollen Schnee. Einfach zauberhaft!«

Sie legte den Brief ins Fenster. Die Nacht war sternenklar geworden. Sie trat vor die Türe. Über ihr leuchtete das Sternbild des Orion. Der Garten war in Schnee gehüllt und alles glitzerte so wunderschön, dass sie wieder einmal ehrfürchtig vor der Natur stand und staunte und den Drang hatte, sich vor dieser Schönheit zu verneigen. Doch manchmal macht einen gerade das Allerschönste am allertraurigsten, wenn man bemerkt, dass die Seele einfach nicht in der Lage ist, sich angemessen zu erfreuen. Und so glitzerten auch die Tränen, denn sie fröstelte vor ihrem Selbstmitleid. Sie hatte Angst, das Schwert des Orion, B33 im Emissionsnebel IC 434, M42 und M43, würde in ihr Herz gerammt.

Am nächsten Morgen war der Brief noch da, aber die Kekse waren verschwunden. Auf das Christkind war auch kein Verlass. Dafür aber auf die Hausmäuse. »Wieso wird der Flötenspieler denn zunehmend grantiger?«, fragte die eine Maus. »Weil er sie zunehmend lieber hat wahrscheinlich«, sagte die weniger kleine, kluge Maus.

Zur Ablenkung von der Tristesse ging sie in die Kirche, um sich alte besinnliche Adventslieder eines Kärntner Männerchors anzuhören. »I stell a Kerze eine, in Schnea«, sangen sie gerade, da ging die Fantasie wieder mit ihr durch.

### *Tagtraum im Advent*

Es ist Weihnachten und die Waldfee hopst vergnügt durch den tiefverschneiten Winterwald der Sicherheiten, trifft das Sommergoldhähnchen Mitzi und das Wintergoldhähnchen Lotti, schlendert über die Wieselwiese, mit silbernen, von Raureif umfassten Spinnweben verziert, vorbei am tiefgefrorenen Rheinfall, der in der Schweiz liegt, überwirft sich mit einem gutgemeint-anarchistischen Polarbären, einem Austauschschüler vom Nordpol, der tollpatschig bei ihr sein Glück versucht hat. Sie haben sich zuvor über Politik gestritten und waren sich auch sonst über wenig einig.

»Ich glaub, mich haut es gleich aus meinen roten Socken! Gutgemeinter Anarchismus? Bleibt schließlich immer noch Anarchismus! Geht halt nicht, so wie der Mensch gierig beschaffen ist. Vielleicht am Nordpol. Da kann man sich zumindest aus dem Weg gehen. Hier geht das nicht, du naiver Trottel«, schreit sie ihm noch nach, da ist sie aber schon weitergestapft auf dem Weg ihrer anarchistischen Traumreise ohne Ziel. »Es sei denn, ich werde Königin. Dann kann er meinetwegen Anarchist sein, der blöde Bär.« Und schon sind ihre Gedanken wieder fröhlich. »Das Leben führt uns, wohin es will. Auch an der Nase herum oder hierher«, denkt sie vergnügt. »Es muss wohl an Weihnachten liegen, dass mir so fröhlich im Herzen ist.« Vom Kirchlein am Hügel her hört sie einen Kinderchor inbrünstig Weihnachtslieder üben. Kinder verdoppeln den inneren Frieden. Bald wird sie platzen vor Zufriedenheit. »Es wäre wirklich etwas zu Bedenkenswertes, alle Grobheiten einfach hinter sich zu lassen, bevor einem die kleine Welt noch auseinanderfällt«, spricht ein klitzekleines Männchen auf der linken Schulter der Waldfee.

»Was?«, schreit da verwundert eine Stimme einfach in ihren Traum hinein. »Eine erfundene Waldfee, die ein erfundenes Zauberwesen auf ihrer Schulter hocken hat? Das ist vielleicht verrückt!«

»Auch Fantasiewesen können sich Fantasiewesen halten. Wieso denn nicht? Wieso sollte hier Schluss sein? Glaubst du denn, es ist besser, sich dem Leben zu stellen?«

»SICHER nicht sogar«, sagt da das klitzekleine Männchen. »Weil, dann ergäbe ich im Universum gar keinen Sinn mehr.«

»Aber das ist doch der allergrößte Mist, den ich je gehört habe«, sagt die Waldfee und lächelt von oben herab. »Das Leben ergibt doch umso mehr Sinn, je weniger sinnvoll es erscheint! Wieso versteht das denn keiner?«

»Träume ergeben nie Sinn, nicht wahr?«

Aber der klitzekleine Mann auf der linken Schulter der

Waldfee bleibt stumm. Er ist mit seinen Gedanken auf tiefem Grunde beim glitschigen, waldmeistergrünen Wassermann gelandet. Wahrscheinlich, denn man weiß es nicht sicher. Aber der hat ihn auch schon beschwatzt, früher an diesem Tage. Denn ständig kommt jemand zu ihm, um auf tiefem Grund nach dem Sinn zu suchen. Die Waldfee ist plötzlich müde vom vielen Klugsein, und da es ja nur ein Tagtraum ist, beschließt sie, nicht mehr weiterzuwandern, sich die Mühe zu sparen und träumt sich einfach – huiii – an ihr Reiseziel. Da werden aus den hellen Kinderstimmchen wieder tiefe Männerstimmen, die auf Kärntnerisch ihre Lieder brummen.

Ihre Märchenwelt machte sich immer wichtiger. Spät in dieser Nacht waren ihre beiden Hausmäuse noch eifrig beim mitternächtlichen Denken. »Soll ich einmal nach dem Rechten sehen?«, fragte die eine Maus.

»Ja, ich glaube, sie spricht wieder im Schlaf.«

»Sie träumt vom Flötenspieler, wetten? Ich fürchte, sie ist besessen von ihm.«

»Aber nein, von seiner Musik«, meinte die weniger kleine Maus. »Wieso sonst kümmert sie sich noch um ihn, als wäre sie eine Artenschützerin? Wegen seiner empfindsamen Künstlerseele!«

Ja, es gab sie, die Artenschützer, die Datenschützer ...

# Berufung

»Hast du gewusst, dass Stalin sich in Fotografien mit Lenin hat einfach hineinretuschieren lassen? Auf diese Art hat er Trotzki ins Aus geschossen, obwohl der beim Volk erst weitaus beliebter war als er. Er hat ihn einfach verschwinden und sich an seiner Stelle reinkopieren lassen. Wie gewieft und witzig eigentlich«, sagte der Lieblingsmensch.

»Fies, manipulativ und verlogen, würde ich eher sagen«, meinte die Frau. »Apropos Staatsoberhaupt. Heute Nacht hat mich Clementine Churchill besucht«, sagte sie dann zum Lieblingsmenschen.

»Das ist doch schön!«, sagte der Lieblingsmensch und schälte weiter die Früherdäpfel.

Die Frau saß daneben und hackte mit einem riesigen Messer lustlos auf der Petersilie herum. Der Hund saß daneben und schaute erwartungsvoll. »Gute Güte, Hund!«, fuhr die Frau ihn an. »Es ist Petersilie! Darum zu betteln ist doch unter deiner Würde.«

»War es nicht nett mit Clementine? Du scheinst etwas zwider zu sein«, fragte sie der Lieblingsmensch. Der Hund kläffte um Aufmerksamkeit.

»Wohl«, sagte die Frau. »Ich habe mich sehr gefreut. Ich mag sie gern und auch Churchill. Das war halt noch ein Staatsmann. Ein sturer Bock angeblich, aber klug und mutig und genial und auch sensibel. Niemals hat er auf irgendjemanden gehört, nur auf seine Frau gelegentlich. Gegen Ende des Krieges wurde ihm angst und bange. Da hat sich Clementine an sein Bett gesetzt und gesagt: ›Du, Winston, du bist stark, weil du unvollkommen bist, und klug, weil du Zweifel hast. Du musst dem Volk die Wahrheit sagen, und frage doch die Leute, was sie wollen.‹ Da ist er aus seiner Limousine aus- und in die U-Bahn eingestiegen. Er hat seinen Starrsinn überwunden, um die einfachen Menschen zu fragen, ob er sich nun für oder gegen ein Bündnis mit Hitler entscheiden sollte. Niemand im Regierungspalast wusste derweil, wo er steckte. Das hat mir Clementine heute Nacht alles erzählt. Dabei hat sie sich ihre Seidenhandschuhe abgestreift und geschmunzelt. Sie hat erzählt, sie musste ihm oft ihre Gedanken auf Zettelchen unter der Türe durchschieben, denn wenn sie ihm von Angesicht zu Angesicht gegenübergestanden hätte, so hätte sie ihn wohl oftmals erwürgen müssen. Er hat immer nur gearbeitet, gearbeitet und gearbeitet. Wenn er nicht mehr hätte arbeiten können, dann wäre er wohl gestorben. Das hat sie mir erzählt. Ein ganzes Leben. Er meinte einmal, wenn er nicht arbeite, dann wäre er nichts als niedergeschlagen. Denn dann hätte er viel zu viel Zeit, um nachzudenken. Auch eine Art, mit seinen Dämonen umzugehen. Ohne seine Arbeit hätte er kein Leben gehabt.«

»Wie«, sagte die eine Hausmaus, »der hatte doch fünf Kinder?«

»Ja, eine Vaterschaft empfinden viele Männer nicht als erfüllend«, meinte die weniger kleine Maus. »Das waren eben andere Zeiten.«

»Nein, das hat damit nichts zu tun. Leider.«

Die Hausmaus horchte erschrocken auf: »Heißt das ...?«

»HE! Was ist? Wir haben NIE über Kinder gesprochen!!«, meinte die weniger kleine Maus und war auf und davon.

»Ich glaube, der Flötenspieler täte gut daran, sich in seine Arbeit zu stürzen.«

»Weil Churchill das getan hat, auf Kosten seiner Familie?«

»Ja. Es gibt eben Menschen, die für ihre Visionen leben sollen. Und Clementine hat gesagt, ich solle sicherheitshalber zweimal nachdenken, bevor ich nichts sage.«

»Witzig!«, sagte der Lieblingsmensch. »Was meint sie denn damit?«

»Na, da sagt beispielsweise einer über einen anderen: ›Ach, lass ihn doch, der meint das ja nicht böse. Der kann es nur nicht anders sagen.‹ Dann kann, finde ich, der andere sagen: ›Du, ich bin erleichtert, dass das, was der sagt, gar nicht so ist, aber ich find es trotzdem grob, all das, was er sagt, so wie er es eben nur kann.‹ Also eine Erklärung hilft erstmal fürs Gemüt, ist aber keinesfalls ein Freibrief. Das soll jetzt keine Lektion sein. Viel eher will ich veranschaulichen, dass Sprache nicht sein muss, wenn eh klar ist, was zu sagen wäre, wenn man könnte oder wollte. Aber es ist Vorsicht geboten, wenn nicht klar ist, wie was zu sagen wäre. Wenn man es könnte, aber nur blöd, und sagt es dann auch: Keine gute Idee! Dann sagt man doch das, was nicht klar ist, lieber nicht. Um aber auf Clementine zurückzukommen ...«

»Ja, ich dachte mir schon ...«, unterbrach sie der Lieblingsmensch.

»... also sie meinte: ›Lieber zweimal nachdenken, bevor man nichts sagt.‹«

»Also, was wirst du jetzt … nicht … sagen?«

»Ich weiß eigentlich gar nichts über ihn. Er weigert sich, mir seine Gefühle mitzuteilen. Alles, was ich abbekomme, ist sein fragwürdiges Verhalten, was von seiner offensichtlichen Überforderung hervorgerufen wird. Ich werde ihn wohl fragen, ob er überhaupt noch arbeitet. Ich habe plötzlich so einen Verdacht«, sagte die Frau. Sie nahm sich ein Radieschen, schälte die rote Haut mit ihren Schneidezähnen ab und steckte sich den Rest in den Mund.

»Armes, gedemütigtes Radieschen! Da ziehst du es erst noch aus, ehe du es verschlingst«, sagte der Lieblingsmensch.

»Boah, du kannst einem das Essen echt vermiesen.«

»Wenn er es nicht kann, das Reden über den Schmerz, dann musst du ihm aber gewaltig auf den Sack gehen. Ich fürchte, du bleibst für ihn ein nicht zu integrierender Fremdkörper in seinem traurigen, leergefegten Leben. Also du, so als durchdringende Person und mit deinen zahllosen Sendungen.«

»Aber ich bin wie Zahnseide«, will die Frau sich von ihrem Vorhaben nicht abbringen lassen, »sie ist lästig, aber wichtig.«

Die beiden Frauen waren bei einer Lesung im Literaturhaus gewesen und schlenderten durch die Gassen. »Wie hat dir denn die Lesung gefallen?«

»Hm, gut«, sagte die Frau, »aber ich mag die Autorin nicht.«

»Wieso denn nicht?«

»Ich weiß nicht. Sie hat nicht ihr Buch vor-, sondern sich selbst ausgestellt. Außerdem schreibt sie für die Literaturszene und nicht für uns, ihre Leser.«

»Du bist viel zu kritisch. Es ist nicht einfach, alles richtig zu machen und gut beim Publikum rüberzukommen. Nur weil man schreibt, heißt das doch nicht, dass man sich auch verkaufen kann.«

»Ja, aber das ist doch genau mein Punkt. Wenn sie keine Rampensau wäre oder nicht lesen könnte oder von mir aus vor Nervosität kein Wort hervorbrächte, dann wäre mir das egal. Das wäre sympathisch und menschlich. Diese Autorin aber hat sich vollkommen entkoppelt von ihrem Werk. Sie hat doch nicht das Buch, sondern sich selbst in den Vordergrund gerückt. Sie präsentiert sich selbst als Marke. Das merkt man auch bei den vielen selbstverliebten Sängern. Es geht plötzlich nicht mehr um die Musik, sondern nur noch um die Selbstdarstellung. Das widert mich an! Und hast du die Männer gesehen, wie sie an ihren Lippen hingen? Dabei sind mit Sicherheit keine Bilder aus ihrem Roman im Kopf entstanden, sondern ganz andere. Wieso muss die Kunst sich so billig verkaufen? Wieso verkauft sie sich nicht ganz von allein? Es ist doch zum Weinen.«

»Herrschaftszeiten noch einmal! Entspann dich! Du beginnst dich schon langsam verbittert anzuhören. Das gefällt mir gar nicht!«, sagte der Lieblingsmensch.

»Vielleicht bin ich auch wütend darauf, dass die Autorin ihre Kunst vorstellt und sich gleich mit, während der Flötenspieler nichts ausstellt. Weder sich noch seine Kunst. Sein Flötenspiel wäre wenigstens würdig, vorgetragen zu werden.«

»Was für ein elitäres Denken, ich bin erschüttert!«, sagte der Lieblingsmensch. »Du meinst, es gibt die Erleuchteten, die von Gott geküssten, die Musensöhne, denen die Kunst vorbehalten ist? Muss man sich der Kunst erst würdig erweisen?«

»Ach, du verstehst mich einfach nicht. Kunst ist kein Handwerk«, sagte die Frau. Man konnte Kunst doch nicht einfach produzieren. Es war eine heilige Gabe. Man fühlte Kunst und man lebte sie. Alles andere war ... etwas anderes. Wieder war sie mit ihrer verträumten Vorstellung, ihren romantischen Ansprüchen an die Kunst alleingelassen. Keiner verstand das. Nicht einmal der Künstler, wie es schien.

»Über neue Gesellschaftsformen nachzudenken, dahin zu gelangen, das wäre doch ein rühmliches Ziel. Vom Ego weg und hin zum großen Ganzen, zur Menschenwelt«, sagte die Frau. »Kunstwerke für die Menschheit. Schreiben als ein bescheidenes Vermächtnis an die Welt.«

»Ach, das ist Typsache«, meinte der Lieblingsmensch. »So mancher will berühmt werden und ein anderer verschreibt sich einer großen Idee. Denk doch nur an die vielen unsterblichen Helden.«

»Ich denke sehr oft daran. Aber nicht an die Heiligen mit ihrem Mythos und all die göttlichen Künstler, die wir kennen. Sondern an all diejenigen, die sie nicht zu Ende bringen konnten, ihre Werke. Die aufgeben mussten. Jene, die unentdeckt geblieben sind. Ich glaube, das waren oft die interessanteren Menschen. Ihre Geschichten zu hören und ihre Werke zu sehen, das wäre womöglich spannender. Ihre Leben wären vielleicht aufregender und abenteuerlicher als die ihrer berühmten Kollegen. Ich würde sie jederzeit hereinbitten, wollten sie mich einmal besuchen. Als Kind habe ich oft geträumt, Michael Jackson wäre hier, spät nachts, um mich zu besuchen.«

»Der war aber kein unentdecktes Genie.«

»Er suchte bei mir Unterschlupf vor den Massen. Er saß mitten im Zimmer, wenn ich aufwachte. Mir schien es eher unrealistisch. Michael Jackson hier bei mir im Lehnstuhl? Und ich sagte zu ihm: ›Das scheint mir eher unrealistisch. Du hier bei mir im Lehnstuhl?‹ Und er sagte: ›Tja.‹ Nach einigen Besuchen haben wir dann gar nicht mehr über Sinn oder Unsinn seiner Anwesenheit gesprochen. Ich bin im Nachthemd in die Küche gegangen, um ihm einen Thunfischsalat zu machen. Den hat er dann gegessen. Das war immer sehr nett. Da war also ein Mythos zu Gast und es war vollkommen normal.«

»Was heißt hier normal? Das war ein Traum!«

»Ja, vielleicht«, gab die Frau zurück. »Aber der Thunfischsalat? Wer soll den denn gegessen haben?«

»Also manchmal ...«, sagte der Lieblingsmensch, runzelte die Stirn und schüttelte den Kopf.

»Du glaubst also, es ist reine Typsache, ob ein Mensch sich als Genie in den Dienst der Gesellschaft stellt oder ob es der monumentale Egotrip um Ruhm und Anerkennung ist?«

»Meistens Letzteres. Ich bin mir sicher. Denk an die Autorin. Sie möchte nicht der Gesellschaft dienen, sondern von der Gesellschaft als Heldin gefeiert werden.«

»Ei ja, das ergibt Sinn«, meinte die Frau. »Oder aber«, fuhr sie fort »sie erfüllt mit dem Inhalt ihres Buches eine Mission. Eine Sendung an die Menschen. Der Ruhm ist nur das Nebenprodukt, ein Preis eben für all die Aufopferung.«

»Nein, die opfern sich für den Preis auf, nicht umgekehrt.«

»Hm.« Die Frau dachte nach. Demnach war auch der Flötenspieler nicht getrieben von seinem Genius, sondern benutzte seine Gabe, um gefeiert zu werden? Oh, wie der Mensch doch eitel ist! Der Applaus lässt ihn aufsteigen und schweben. »Dann hat das alles nichts mit Leidenschaft zu tun?« Vielleicht waren die Menschenwelt und ihre aufgeblasenen Egos tatsächlich immanent. Vielleicht war das, was sie so sehr liebte, auch nur Konsum. Das, was ein Künstler eben produzierte. Dann brauchte sie den Flötenspieler nicht weiter hochzuhalten. Dann reichte es, wenn sie sich selber hochhielt, dafür, dass sie die Fähigkeit hatte, das Göttliche in der Kunst zu erkennen und zu spüren.

Den Gedanken mochte die Frau aber so gar nicht weiterspinnen.

So schrieb die Frau noch am selben Abend dem Flötenspieler: »Spielst du eigentlich wieder auf deiner Flöte? – Stell dir vor, du beginnst dein Studium und weißt aber nicht, welches. Du blickst auf die alphabethische Liste und liest: Archäologie, Ägyptologie, Afrikawissenschaften, Agrarmanagement, Agrarwissenschaften, Alte Geschichte, Amerikanistik, Anglistik, Anthropologie, Arabistik, Archäologie, Architektur, Asienwissenschaften, Astronomie, Atmosphärenwissenschaften, Auditing, Augenheilkunde, Automatisierungstechnik, Bahntechnologie, Banking, Bauingenieurwesen, Betriebswirtschaft, Bildende Kunst, Biochemie, Bildungswissenschaft – und dann wird dir schon ganz schwindelig.

Bei Biologie denkst du dir: ›Huch! Ich bin erst bei B‹. Du stellst fest, das ist kein gangbarer Weg. So kommst du nicht weiter. Also nimmst du einfach Biologie. Du schaffst die ersten

Prüfungen, also gibt es keinen Grund, das Studium zu wechseln. Dann empfiehlt dir noch jeder vom Institut, aufgrund der besseren Jobaussichten auf Mikrobiologie umzusatteln. Du musst ›Papers‹ veröffentlichen und denkst dir: ›Och, da mach ich doch gleich den Doktor.‹ Jedenfalls, würde ich meinen, das wäre dann keine Berufung. Könnte zufällig eine sein, aber aller Wahrscheinlichkeit nach eher nicht. Und jetzt stell dir vor, du wärst ein Marillenbauer.«

»Kommt wieder eine alphabetische Liste?«, fragte plötzlich der Flötenspieler nach.

»Nein.«

Der Flötenspieler antwortete: »Also ich stelle es mir jetzt vor ...«

Die Frau schrieb weiter: »Du hat eine Plantage geerbt und deshalb bist du Marillenbauer. Doch dann kommt eine Königin und sie erkennt, dass du der Marillenkönig bist. Es gelingt ihr, dass du es nun auch siehst. Denn du hattest noch gar nicht über die Möglichkeit nachgedacht, dass es deine Berufung sein könnte, du hattest den Hügel doch geerbt. Und JETZT weißt du mit einem Male, dank der Königin, dass du ein Marillenkönig im Herzen bist. Du fährst mit einem Male mit dem Hakotrac durch deinen Marillen-Hofstaat. Das fühlt sich doch gleich viel königlicher an. Vermutlich ist es toll, ein Marillenkönig zu sein.«

Der Flötenspieler antwortete: »Ich denke nicht, dass das Leben auf mich gewartet hat, damit ich den für mich idealen Lebensweg beschreite, das tu ich nicht! Dem Leben ist es doch piepegal, ob wir Marillenbauer sind oder Flötenspieler. Es zeigt uns doch nicht einmal die lange Nase, so egal sind wir ihm.«

Die Frau antwortete: »Ich glaube aber an die Genialität des Individuums, und obwohl die Natur keine andere Bestimmung für uns hat, als unseren Fortbestand zu sichern, können und dürfen wir das, einer persönlichen Berufung folgen, und wir sollten das auch tun, allein weil wir es dürfen! Ohne dass das Leben es mitbekommen wird und darüber richtet. Jeder folgt seiner Bestimmung für niemand anderen als nur für sich als Mensch. Demut vor der Natur und all ihren Möglichkeiten!«

Der Flötenspieler schrieb: »Nur, mich interessiert es nicht mehr.«

Die Frau antwortete: »Man dient damit aber der Menschheit! Man ist seinem Talent verpflichtet. Denkst du, du bist nur so lange Marillenkönig, so lange du eine Königin hast?«

Die Frau wartete. Es kam keine Antwort mehr.

»Und?«, fragte der Lieblingsmensch. »Was hat er geantwortet?«

»Er denkt nach«, sagte die Frau.

Am darauffolgenden Tag hatte sie wieder einen Traum. Von diesem Traum erzählte sie dem Flötenspieler: »Ich habe geträumt von einer verlassenen Wüstenstadt ...

### *Sandstaubtraum*

Da entdecke ich dich, ganz allein, am Marktbrunnen sitzend. Du wirfst Steinchen in den Brunnen und bist sehr traurig. Ich bin barfuß, meine Füße sind gebräunt, aber umrandet von weißem Sandstaub. Auch in den Schluchten und Furchen meiner

Haut hat der Sand sich niedergelassen und festgesetzt. Eine Kette um mein Fußgelenk glitzert. Ich trage ein Tuchkleid aus weißem Stoff, hauchdünn, nahezu durchsichtig. Ich setze mich auf dich und fahre dir mit meinen Fingern durchs Haar. Es weht sanft der heiße Wüstenwind, der meine Haare verwirbelt und zerzaust wie die Haare eines Waldschrats.

›Ich komme mir so zerrissen vor. Immer‹, sagst du, ohne dass ich gefragt habe. Deine Füße sind in festen Schuhen gefangen.

›Vielleicht trägt dein Körper ja eine Melodie in dir, eine Geschichte, die ans Licht will. Du hast die Fähigkeit, Worte in Musik zu verwandeln. Diese Gabe ist Segen und Fluch. Ohne diese Gabe könntest du frei durchs Leben wandeln. Barfuß. Mit ihr als Gast aber musst du allen Menschen deine Geschichte erzählen.‹ Da löse ich dir die Schuhbänder und du streifst sie ab, die zu festen Schuhe. Dann nehme ich dich an der Hand. ›Komm mit‹, sage ich.

›Wie kannst du nur über all diese spitzen Steinchen gehen? Mich plagen sie fürchterlich.‹

›Sobald deine Füße nur staubig genug sind, wirst du auch abheben‹, erkläre ich dir. ›Aber erst sollst du eine Weile durch den Staub gehen. Lang genug, um Spuren zu hinterlassen.‹ Dann führe ich dich in eine weiß gekalkte, nahezu leere Kammer. Durch ein kleines Fenster wandert ein wundersamer Lichtstrahl in das Zimmer, das mit tanzendem Licht gefüllt ist. In diesem warmen Sonnenstrahl steht ein Stuhl. Darauf liegt einsam deine Flöte. Sie glänzt in der Sonne. Als warte sie hier allein schon ganz lange auf irgendein Wunder. Da nimmst du sie und setzt dich.

›Hier möchte ich eine Weile bleiben. Ich denke, die heiße, trockene Luft tut meinen alten Knochen gut‹, hast du noch im Traum gesagt.«

Die Frau war nicht bereit, von der Idee abzulassen, dass der Flötenspieler ein Medium sei. Sie mochte sich nicht geirrt haben.

Er antwortete am nächsten Abend: »Ich habe seit damals auf diesem Fest nicht mehr auf der Flöte gespielt. Ich kann das nicht mehr. Die Musik ist für mich gestorben.«

Die Frau schluckte. »Überdenke unbedingt diesen fatalen Entschluss! Die Musik braucht dich und wir brauchen deine Musik. Du kannst doch deinem Verlust die Unsterblichkeit der Musik gegenüberstellen. Wenn man dem Leiden begegnet, so dass etwas aus dem Schmerz erwächst, dann ist die Antwort immer wahrhaftig und bleibt ewig und ewig gültig. Das ist doch wunderschön!«

Er antwortete: »Das ist vollkommener Blödsinn. Man braucht nichts zu überdenken, wenn man beim ersten Mal schon die richtigen Entscheidungen trifft.«

Die Frau versuchte es in ihrer Verzweiflung sogar mit Sachlichkeit: »Aber Musik senkt nachweislich den Blutdruck und sorgt durch die Ausschüttung des Bindungshormons Oxytocin für einen regelmäßigen Herzschlag. Und alle Weisheit kommt aus dem Herzen. Da kannst du mal sehen ...«

## *Warten auf die Wirklichkeit*

»Tja, man kann halt wirklich niemanden dazu zwingen, sich heilen zu lassen«, sagte der Lieblingsmensch im Foyer des Theaters. »Vielleicht siehst du mehr in ihm, als in ihm steckt. Vielleicht wäre er ohne seine Trauer auch ein eher unausstehlicher Mensch. Wieso ist sie nochmal gestorben, seine Frau?«

»Wow. Du bist geschmacklos«, sagte die Frau.

»Vielleicht gibt er sich absichtlich so verschlossen und rätselhaft.«

»Wozu denn das?!!«

»Weil ihm selbst alles ein Rätsel ist. Eine Masche, um seine Ruhe zu haben. Um dir nicht antworten zu müssen und um nicht funktionieren zu müssen. Ein Vorwand, eine Ausrede, ein Davonlaufen.«

»Du kennst ihn nicht. Es schmerzt ihn das Leben. Das sucht sich doch keiner aus!«

»Vielleicht bestraft er sich. Weißt du, manche Menschen blasen zum Angriff, um von etwas abzulenken. Und wie oft hast du die Wut hochkommen gespürt und mit einem Tritt gegen die Wand herausgelassen. Die Wand wäre schlecht beraten, das persönlich zu nehmen. Er trägt seine Wut eben auf andere, etwas radikalere Weise vor sich her. Nimm seine Attacken gegen dich und dein Königreich nicht ernst. Lass das bloß nicht an dich heran! Du bist eine Königin, vergiss das nicht!«

»Ja, Königin eines fiktiven Landes«, sagte die Frau betroffen.

»Papperlapapp!« Der Lieblingsmensch bemerkte, dass die

Frau sie eben nicht gernhaben konnte.

»Ich will das nicht glauben, dass es bei solchen Musikern nur ein Gedächtnis gibt, aber keinen Geist dahinter.«

»Wieso? Es ist auch ein Handwerk. Lass ihn kommen, wenn er bereit ist.«

Das stimmte die Frau traurig. Wieder wollte sie nichts davon hören, was der Lieblingsmensch da sagte. Sie war einfach zu ungeduldig. Die wundersame Heilung seines genialen Geistes. »Er kommt doch nicht voran!«, hätte sie am liebsten laut gerufen. »Wieso legt er sein blödes Leben nicht endlich in meine Hände? Das kann doch wohl nicht wahr sein! Was hätte ich darum gegeben, wenn mir damals irgendjemand geholfen hätte?«

Die Glocken läuteten zum Beginn der Vorstellung. Abwarten zu können, gehörte definitiv nicht zu den besonderen Fähigkeiten der Frau.

### *Tagtraum im verrückten Theater*

»So...dala, da bin ich«, sagt Gernot und zieht dabei das »So« und hüpft außerdem vom »S« aufs »O« in einer kleinen Terz hinunter und sagt dann das »Da bin ich« ziemlich rasch. »Und du kannst jetzt gehen«, sagt er zur Frau ohne weitere Auffälligkeiten in der Art zu sprechen.

»Wie?«

»Na, das Warten hat ein Ende. Danke und ... Tschüssi!« Gernot fuchtelt vor der Frau mit seinen Händen herum, bis sie sich langsam erhebt. Dann nimmt er genau da Platz, wo sie gesessen hat.

»Aha. Und wohin soll ich jetzt gehen, bitte sehr?«, sagt sie verdutzt.

Gernot schaut sie fragend an. Er hebt die Augenbrauen leicht genervt, sagt aber nichts.

Na, das ist ja großartig, denkt sie. DAFÜR hat sich das Warten aber nicht gelohnt. Man soll nicht so viel warten im Leben. Sie hat nicht einmal die Zeit genutzt, darüber nachzudenken, wohin sie gehen wird, wenn Gernot endlich aufgetaucht sein wird. Da kommt ein Waldgeist daher.

»Voll die Zeit verschissen«, grummelt die Frau noch und latscht am Waldgeist vorbei.

»Wohin gehst du denn schon?«

»Ich weiß es nicht, aber ich habe hier echt Zeit vergeudet mit Warten auf Gernot und jetzt bin ich sauer und gehe fort«, sagt die Frau missmutig.

»Oh, das klingt übel. Wenn du versprichst wiederzukommen, dann warte ich hier auf dich«, sagt der Waldgeist.

Und Gernot meint dazu: »Waldgeist, das lohnt sich nicht. Glaube ich. Aber ich weiß es nicht«, er schaut zur Frau. »Man kann es nie wissen.«

Die Frau hebt die Brauen. »ALTER ...«, faucht sie Gernot an.

»Aber lass mich doch hier auf dich warten. Es macht mir Freude und kostet mich nichts«, sagt der Waldgeist.

»Ja, dann. Ich wünsche viel Vergnügen. Einen lieben Gruß an die Hoffnung. Die hast du hoffentlich dabei?«

Zynismus! Die Frau mag Zynismus nicht. Er kommt Hand in Hand mit der Enttäuschung. »Was ist denn DAS für eine Frage? Ohne die Hoffnung geh ich nie aus dem Haus. Und zu hoffen, dich bald wieder zu treffen ... Was kann daran falsch sein?«

»Ohhh«, raunen Zwielichtig, Aufrichtig und Unwichtig.

»Wo kommen die denn auf einmal her?«, fragt der Waldgeist entgeistert.

»Ach die, die ... DU hältst die Klappe«, schnauzt die beleidigte Frau Gernot an. »Du hast in diesem Stück keine EINZIGE Zeile mehr. – Ach die ...«, beginnt die Frau nun zu erklären, »die habe ich erfunden, um der Absurdität Ausdruck zu verleihen.«

»Ach, wie klug und originell sie ist«, staunt der Waldgeist. »Wie nennt sich denn das Stück? Wartezeiten – harte Zeiten?«

»Ich glaub, sie nennt das Stück: Warten Sie besser nicht auf Gernot, denn er wird Sie enttäuschen.«

»Ich glaube, die Frau fühlt sich unwichtig«, flüstert Unwichtig, und dass sie flüstert, ist dabei unwichtig.

»Das tut mir aufrichtig leid«, flüstert Aufrichtig und bedauert die Frau aufrichtig.

»Ja, sehr schade. Mir ist Gernot immer schon zwielichtig vorgekommen«, meint Zwielichtig und geht in Dunkelheit über.

Durchsichtig ist gar nicht vorgekommen.

»Haha«, sagen Zwielichtig und Unwichtig schadenfroh. »Wie geht das jetzt weiter hier?«

»Ich bin nur Küchenphilosophin und keine Hellseherin«, sagt die Frau. »Ist eben öde, das Warten.«

»Kommt auf die Person an«, sagt der Waldgeist. »Auf so manchen Menschen wartet man auch hundert Jahre.«

»Ahhh!« Ein verzücktes Raunen geht durch die Menge.

»Och! Ich BITTE EUCH«, sagt Gernot und verdreht die Augen. Zwielichtig stellt sich ihm gegenüber, zieht eine Waffe und knallt ihn ab. Alle schweigen.

»Nomen est omen«, sagt die Frau verdattert.

»Gut, dass es nur ein absurdes Theater ist«, sagt der Waldgeist fröhlich.

»Gehen wir etwas trinken? Ich habe zu Hause eine Waldmeisterbowle angesetzt«, sagt die Frau.

»Jajaja«, rufen alle wild durcheinander und eilen davon.

Gernot steht auf, streift sich die Hose glatt und ruft: »He! Wartet auf mich!«

Aber alle schlürfen schon Bowle und auch die Regisseurin findet Gernot doof und lässt ihn einfach allein zurück.

»Das ist eine großartige Inszenierung! Ich liebe Beckett!«, schwärmte der Lieblingsmensch in der Pause und schlürfte die Waldmeisterbowle im Foyer.

»Hm.«

»Gefällt es dir nicht?«

»Es geht so«, sagte die Frau etwas gedankenverloren. Der Tagtraum übertrug seine Absurdität auf ihr Leben. Worauf wartete sie überhaupt? Und was erwartete sie denn?

Ihre Tagträume nahmen rasant an Fahrt auf. Irgendwie wurde ihr dabei zunehmend komisch zumute und sie fühlte sich absurd. Und wer überhaupt sollte Gernot sein? Sie kannte doch überhaupt keinen Gernot.

Am nächsten Tag kam die Frau eilig ins Lokal. Es war der Flötenspieler, der schon an der Bar vor einer aufgeschlagenen Zeitung saß, und er wippte mit dem Bein.

»Ui, er ist fröhlich!«, dachte sie vergnügt. »Er wippt!«

»Du bist fröhlich«, sagte sie, »du wippst!«

Er fühlte sich ertappt und das Bein stand augenblicklich still.

»Schade«, dachte sich sein Bein, »das war lustig. Es geht so selten mit ihm durch.«

»Ja, leider«, sagte die Frau zum Bein und blickte dann zum Flötenspieler auf. »Ich habe dir etwas mitgebracht«, sagte sie ganz aufgeregt und überreichte ihm einen Brief.

Der Flötenspieler schaute etwas verdutzt, nahm den Brief an sich und steckte ihn in die innere Brusttasche seines Jacketts. »Oh«, sagte er dabei knapp. »Noch ein Brief. Danke.«

Die Frau war enttäuscht über die ausgebliebene Euphorie und Neugierde. Aus ihrer Verlegenheit heraus begann sie eben zu plaudern. »Ich war heute im Wald unterwegs und auf einmal hat mein Körper auch zu wippen begonnen, so wie gerade eben dein Bein. Zu einem Konzert aus dem Jahr 2009, Oxegen Festival in Irland, ›Run‹ von Snow Patrol. Kennst du die Nummer? Ich höre sonst nie Live-Mitschnitte. Ich fühle mich dabei immer ausgeschlossen. Aber das ist ein fataler Fehler, habe ich festgestellt. Denn das bringt ja so viel mehr an Energie und Kraft rüber als Studioaufnahmen. Die Fans schnappen Gary Lightbody den Gesang einfach weg. Und da hört der ganz auf zu singen ... und freut sich. Die Fans sind nun die Sänger, er das Publikum. Stell dir mal vor, wie großartig das sein muss! Du stehst da auf der Bühne und die Fans singen dir deinen eigenen Song vor. Ich müsste weinen vor Rührung. Aus einem plötzlichen Impuls heraus bin ich also losgerannt. Vor lauter Glückseligkeit so rasch, dass mir schlecht war gegen Ende der Nummer. Ich war wie vom wilden Laufteufel besessen, allein vom Zuhören und Mitfreuen. Um mich herum tanzten die Bäume in allen möglichen Farbtönen zu den Musiktönen. So was stellt Musik mit einem an. Wie frisch verliebt zu sein, ist das Gefühl, ganz im Inneren des Bauches. Und du, mein lieber Freund, du besitzt diese Macht mit deinem Flötenspiel! Es stimmt also nicht, was ich dir gesagt habe über den Menschen, den man nur aufgrund der Persönlichkeit gut findet. Ich finde Menschen sehr wohl auch gut aufgrund dessen, was sie können. Übrigens ist Gary Lightbody auch depressiv. Er hat sie also auch, die Dämonen. Aber er hat eben auch unsichtbare Flügel, die er hoffentlich auch benutzt. Wer Flügel hat, sollte auch fliegen.«

Der Flötenspieler sagte nichts.

Also sagte die Frau eben wieder etwas: »Heute haben um vier Uhr in der Früh die Vögel zu singen begonnen. So laut, als wollten sie mir etwas Wichtiges mitteilen. Also bin ich in meine Weste geschlüpft und in meine Clogs, um in den Garten zu gehen. Da haben sie mir erklärt, warum du keine Lust hast auf mein paralleles Universum. ›Er muss erst sein Leben in Ordnung bringen! Er braucht erst wieder ein Leben. Dann erst kann er zu träumen beginnen‹, haben sie alle aufgeregt durcheinandergezwitschert. ›Ach so‹, habe ich mir gedacht. So hatte ich es nie betrachtet. ›Ich dachte, es ginge umgekehrt. Es wäre doch vielmehr eine ganz fantastische Ablenkung ...‹, hab ich noch gemeint, aber die Vögel halten sich im Frühjahr nicht lange mit mir auf und waren schon wieder weitergeflogen, um an ihren Nestern zu arbeiten. Es ist viel zu tun zu dieser Zeit im Jahr. Und da ich schon mal aufgestanden war, habe ich auf die ersten Sonnenstrahlen gewartet. Dann habe ich beschlossen, dir noch einen Brief zu schreiben.«

Der Flötenspieler verstand die Anspielung aber nicht und ließ den Brief stecken, wo er war. »Unsichtbare Flügel ... was soll denn das sein?«

»Das nennt man eine Metapher«, sagte die Frau und verdrehte die Augen.

»Wofür? Ich mag keine Methapern, ich verstehe sie nie«, sagte der Flötenspieler.

»Ja, ich weiß. Was ist los mit dir? Es ist ja wieder ein besonderes Vergnügen, sich mit dir zu unterhalten.«

»Du magst sie gerne, die Ironie, gell?«, fragte der Flötenspieler.

»Hm, das hält sich in Grenzen ... eigentlich nicht. Dafür verstehst du keinen Spaß!«

»O doch, das tue ich sehr wohl. Aber Ironie ist nicht immer lustig.« Da erzählte ihr der Flötenspieler eine Geschichte:

»Im hohen Norden liegen die unbewohnten Hans-Inseln. Dort ist einer der neunundzwanzig Kriegsschauplätze unserer Erde. Dänemark und Kanada streiten um die kargen, unbewohnten Inseln. Immer wenn zufällig ein Däne vorbeikommt, tauscht er die kanadische Flagge auf der Insel einfach gegen die dänische Flagge aus und lässt dafür eine Flasche Schnaps zurück. Und umgekehrt macht es der kanadische Soldat, wenn es ihn in die Gegend verschlägt. – Und jetzt frage ich dich: Glaubst du denn, die Soldaten der restlichen achtundzwanzig Kriegsschauplätze inmitten der Bomben und Zerstörung finden diese Anekdote lustig?«

»Wahrscheinlich nicht. Du hast wohl recht. Ironie ist tatsächlich nicht immer lustig.«

»Es ist doch lustig, wie wir beide immer derselben Meinung sind«, sagte er ironisch.

»Jaja, witzig«, sagte die Frau ernst. Sie hatte soeben ihr Ironie-Abwehrsystem hochgefahren.

Der Flötenspieler blätterte in der Zeitung und schüttelte den Kopf. »Die Demokratie ist dem Ende geweiht«, sagte er. Damit trug er auch nichts bei, um die Stimmung zu heben.

»Du bist ein notorischer Pessimist.«

»Nein, ich bin ein leidenschaftlicher Desillusionist und du bist eine pathologische Träumerin.«

»Eigentlich bist du ein bemitleidenswerter Antist. Du frönst dem Antismus. Das bedeutet, dass du einfach alles nur blöd findest«, meinte die Frau.

»Ich baue auf den Kassandra-Effekt.«

»Den ... was?«, fragte die Frau.

»Das bedeutet, dass ich eine überkritische Prognose stelle, auf die ich mich einstelle, um dann durch gezieltes Gegensteuern eine Veränderung der Vorhersage zu bewirken. DAS ist schlau!«

»Ich merke wohl ständig deine überkritische Haltung, aber kein Gegensteuern. Ich bezweifle, dass noch alles gut wird. Aber ich bin schon gespannt auf deine Veränderung«, spottete die Frau.

Der Flötenspieler ließ sich aber nicht beirren. »Demokratie jedenfalls scheitert doch schon am Mangel an Menschenverstand und Abwägung. Dem ungebildeten Bürger kannst du keine Basisdemokratie zumuten. Wie soll er denn differenziert denken, ohne jede Fachkompetenz. Und dem wohlstandsverwahrlosten Bürger fehlt die Sensibilität für Solidarität. Die Demokratie scheitert bereits am Terror der Verweichlichung. Durch den Pluralismus unserer Zeit verhindert der Mangel an Kompromissbereitschaft eine funktionierende Demokratie. Ich sage dir, daraus erwächst nämlich der Fundamentalismus von heute. Der eine ruft wütend zum Aufstand, der andere flüchtet sich eben ins Biedermeier ...« Der Flötenspieler machte eine rhetorische Pause, legte den Kopf schräg, zog den Mund geschlossen zu einem Grinsen und die Augenbrauen hoch, »... und in die Naturromantik.«

»Ich bin doch kein Biedermeiermensch!«, quietschte die Frau auf.

»O doch, das bist du! Du hockst in deinem Haus, du sehnst dich nach der großen Idylle, du bist naturverbunden, weil du mit Tieren sprichst, und obsessiv spirituell, weil du mit Waldgeistern plauderst. Was habe ich noch vergessen? Hm ... du bist politisch nicht engagiert.«

»Das ist nicht wahr. Ich habe eine starke politische Meinung.«

»Am Stammtisch vielleicht. Das ist doch kein Engagement, das gilt nicht. Das ist keine Revolution. Du hockst in deinem Haus und wartest auf die Wirklichkeit. Und wenn sie kommt? Was wirst du tun? Nun, jedenfalls bist du das Nebenerzeugnis einer sterbenden Demokratie. Halleluja!«

»Ach du Scheiße! Ich bin ein vom Zeitgeist ausgespucktes Nebenprodukt«, sagte die Frau erschrocken und starrte mit aufgerissenen Augen auf den Tisch.

»Nun denn ... ich muss dann mal wieder los. Zahlen bitte!«, sagte der Flötenspieler und legte das Geld auf den Tisch. Flucht anstatt Zuflucht.

Wieder hatte sein Entgegensteuern durch die überkritische Haltung keine Veränderung bewirkt. Nichts Gutes hatte er somit zurückgelassen. Nur das Geld und die Frau. Doch, er hatte etwas zurückgelassen. Eine leere Sprechblase sah die Frau nun über dem Stuhl schweben. Denn wenn er gekonnt hätte, dann hätte er sie womöglich mit folgenden Sätzen gefüllt: »Waldfee, so hör doch zu! Du schenkst mir längst genügend Aufmerksamkeit, du versprühst genügend Sinnlichkeit und Fröhlichkeit, schenkst die allerbesten Anregungen. Alle wundervollen wie auch grauenvollen Gedanken teilst du mit mir. Du bist ein Bilderbuch von Lebendigkeit und Farbe! So nimm hier all meine Selbstzweifel, meine Trauer, meine negative Lebenseinstellung und meine Verweigerung der Realitätsverweigerung. Stampfe es nieder und brich allem das Genick und sodann schleudere bitte für mich alles in den finsteren Schlund deiner eigenartigen Dämonen. Ich kann mich selbst nicht leiden, wie ich trolle und spotte. Wer jemanden wie mich gernhaben will, den kann ich eben auch nicht leiden.«

Die Waldfee hätte ihre Sprechblase dann folgendermaßen befüllt: »Oh! So wirf DU doch deine Unsicherheiten selbst da hinein, du fürchterlicher Poltergeist! Immerzu bist du vorlaut und garstig. Ich breite den lieben langen Tag die Flügel des Trostes über dir aus und lasse dich an meinem Frohsinn naschen. Ich verkünde dir deine vornehmste Bestimmung und versuche, dich deinen göttlichen Wert in Reinform erkennen zu lassen. Ich schnappe schon über bei so viel Widerstand! Ich brauche jetzt dringend eine Pause von dir und deiner finsteren Wirklichkeit. Warte nicht auf mich.«

Sie ärgerte sich darüber, dass der Flötenspieler den Brief in die Brusttasche gesteckt hatte. So zerstreut, wie er war, würde er ihn vergessen. Während sie stets Trophäen sammelte, schien er immer etwas zurückzulassen.

Am ärgerlichsten aber war, dass sie nun nicht wissen konnte, ob oder wann er den Brief lesen würde. Sie hätte so gerne gesehen, wie er auf ihre Geschichte reagierte. Und sie vermisste ihn schon im selben Augenblick, in dem sie von ihm die Nase voll hatte.

Was aber stand denn nun in dem ...

## *... Brief in der Brusttasche?*

Die Ziege war eine prokrastinierende Träumerin und sie konnte in die Seele des Wolfes blicken. Aber nur, wenn sie sich selbst nicht fürchtete vor dem Leben. Als sie den Wolf einmal auf seiner Flöte spielen hörte, da hüpfte ihr Herz wie von Sinnen. Der Wolf spielte so vertieft und leidenschaftlich, dass er alles ringsum vergaß. Das gefiel der Ziege gut und sogleich fürchtete sie sich nicht mehr vor dem Leben und vor dem bösen Wolf mit seiner schlechten Laune. So blickte sie in seine Seele, und was sie erspähte, waren Verzweiflung und Schmerz. Sie dachte: »Wer so spielen kann, darf mich schon auch mal grob beleidigen.« Der Wolf wollte die Bergziege aber gar nicht vorsätzlich beleidigen. Er war ein im Grunde sehr verantwortungsvolles, liebes Tier.

Er konnte nur noch nicht so viel Wirbel in seinem chaotischen Leben gebrauchen.

Außerdem frisst man doch keinen mehr oder schickt ihn fort, wenn man ihm schon einen Namen gegeben hat. Und so wollte er der Bergziege nicht allzu viel Bedeutung beimessen, um sich zu schützen. Davor, dass er sie viel zu, also zum Fressen gern hatte. Und die Bedeutung, die der zottelige Wolf bereits für die Ziege erlangt hatte, sollte sich die Ziege gefälligst woanders beschaffen, denn sonst würden sie beide – peng – gegen eine Wand kleschen. Außerdem hatte er sich geschworen, nie mehr zuzulassen, dass ein Wesen, auch keines mit zwei so strammen, festen und wohlgeformten ... Hörnern in sein Leben trat. Er hatte vorläufig genug mit sich und der Demontage seiner inneren Antreiber und auferlegten Regeln zu kämpfen.

Die Geiß jedenfalls erinnerte sich an jede Einzelheit seiner Musik. Jene Melodie war für die Ziege ein ewiges Jetzt gewesen. Sie konnte zwar nicht mit seiner Rute wedeln und sie konnte auch nicht mit seinem Maul den Mond anheulen und er konnte nicht mit ihren Hufen über Bächlein springen und er konnte sich auch nicht mit ihren Hörnern seine Verzweiflung aus dem Leibe stoßen, aber deshalb sehnten sie sich nach einer Vereinigung all ihrer Stärken. Wie das klare Wasser in Kaskaden würden sie gemeinsam strömen. Ihre Kräfte würden sich versammeln und in einer Choreografie in dieselbe Richtung dahinplätschern. Die Ziege lernte über ihre Zuneigung zum Wolf über die Kraft ihrer Liebe, und der Wolf lernte über seine Zuneigung zur Ziege mit der Zeit das ewige Jetzt kennen und seine innere Tiefe. Und wenn der Wolf grantig wurde und sich dabei in einen

Fenrir verwandelte, wurde die blitzschnelle Bergziege zu einer Furie und verzauberte ihn. Auf die Art hatte er keine Chance mehr, sie mit einem Happs zu verschlingen oder zu verstoßen. Das konnte sie aber nur schaffen, wenn sie sich vor ihm und seinem Schatten und vor ihr und ihrem Schatten nicht fürchtete. Ja, das klingt jetzt wie ein Märchen. Aber wer bitte sagt denn, dass Geschichten sich irren? Vielleicht wird nur die Wirklichkeit den Geschichten nicht gerecht.

## *Als Irre relevant*

Als kleines Mädchen hatte sie Gipfel bestiegen, wie Bergziegen es tun, und war an den Stränden der Adria stundenlang und in immer größeren Abständen von Wellenbrecherstein zu Wellenbrecherstein gehüpft. Sie war so flink, dass die Mutter die Hände vor das Gesicht hielt und rief: »Gute Güte, Kind! Ich kann da gar nicht hinschauen! Das Mädchen wird sich noch den Hals brechen.« Aber das Mädchen war in seiner Traumwelt. Daher hörte es die Mutter nicht rufen und auch nicht die Wellen brechen und hüpfte und hüpfte über immer tiefere Kluften und Spalten, über die Köpfe von Ungeheuern hinweg. Die Gischt schäumte und die grünen Algen schwappten, die schwarz glänzenden Muscheln hielten sich in ihren scharfen Schalen dicht an dicht. Die Krabben schauten, dass sie davonkamen, rannten um ihr Krabbenleben und dachten: »Uiii, diese flinke kleine Steinehüpferin, sie wird sich noch den Hals brechen.« – Aber niemals geschah ein Unglück. Bis zu dem Tag, als die Lawine abging und ihre Liebe mit sich nahm, hatte sie das Bedürfnis gehabt zu hüpfen.

Ihre mentale Verfassung zerstörte diesen Drang. Auch die Gabe, sich in die Traumwelt zu flüchten, war für die erste Zeit vollkommen zerstört.

Als sie begann, sich davor zu fürchten, dachte sie darüber nach, sich selbst einzuliefern. Niemand war da, um ihr zu helfen. Doch wie lieferte man sich in ein Irrenhaus ein? Und was sollte sie sagen? Helfen Sie mir, ich sehe keine guten Waldgeister mehr und vermag nicht mehr, über Ungeheuer hinwegzuspringen ...?

Als sie nun drohte, den Verstand zu verlieren und die Dämonen schon nach ihr griffen, um sie in die Tiefe zu zerren, da ging sie einfach los. Sie schüttelte die bösen Geister, die sie bereits gepackt hielten, ab und ging. Sie ging einer unsichtbaren ausgestreckten Hand entgegen, geradewegs zum Krankenhaus. Sie überquerte die Straßen, bog in die Einfahrt und wanderte weiter bis zur Psychiatrie. Sie ging die langen Gänge entlang und lief die vielen Treppen hoch. Sie versteckte sich in einer Fensternische, als ihr ein paar junge Turnusärzte entgegenkamen, die sie aus ihrer Schulzeit kannte. Sie kämpfte sich weiter und klopfte schließlich an die Tür des leitenden Stationsarztes. Der schaute etwas verdutzt drein, doch bat er die junge Frau, Platz zu nehmen. Als er sie gefragt hatte, was sie von ihm wollte, erzählte sie ihm von ihrem Kummer und den schwarzen Dämonen und bat ihn um seine Hilfe. Der Stationsarzt legte seine Fingerspitzen aneinander und tippte sich damit einige Male auf sein vorstehendes Kinn. Er studierte sie eindringlich und schwieg.

Nach einer Weile zog er die Schreibtischlade bis zu seinem stattlichen Bauch auf und kramte darin. Er überreichte der zusammengefallenen jungen Frau eine Packung Psychopharmaka und sagte: »Nimm die. Die nehme ich auch.«

Mit dem Päckchen Tabletten eilte die Frau wieder davon. Ihr war fürs Erste einmal leichter ums Herz. Weil es ihrer Natur aber nicht entsprach, hatte sie wieder nicht zu Ende gedacht, und als die Packung aufgebraucht war, da spazierte sie also wieder los und landete erneut auf der Station.

Wieder klopfte sie an der Zimmertür. Dieses Mal war es ein Wolf, der vor ihr saß, und so fragte sie eben ihn nach der Medizin. Er war aber ein sehr verständnisloser und böser Wolf oder aber ein verantwortungsbewusster Mediziner, man weiß es nicht. Jedenfalls dachte der Wolf nicht im Traum daran, einer unbekannten Frau irgendwelche Medikamente zu schenken und erklärte dem jungen Ding noch obendrein, dass sie gerade vermutlich nur eine schwere Zeit durchmache und sich nichts dabei denken solle, wenn sie es nicht schaffte, in der Früh aufzustehen. Er plage sich auch sehr, frühmorgens aus dem Bett zu kommen, und immerhin habe sie es ja bis hierher geschafft. Folglich müsse sie heute aus dem Bett gekommen sein ... irgendwie. Der böse Wolf schob sie also wieder zurück durch die Tür und auf den Gang.

Da stand die Frau etwas verdattert und mit dem Ergebnis des Gespräches äußerst unzufrieden. Mit einem Male stieg eine Wut in ihr hoch. Ein Zorn gegenüber diesem bösen Wolf und gegenüber der ganzen bösen Welt, die sie so alleine und im Stich ließen, überkam sie. Nicht einmal im Irrenhaus fand sie Unterstützung, und das fand sie schon äußerst empörend. Nicht einmal als Irre war sie relevant. Ihre Wut aber mobilisierte innere Kräfte, oder ihre letzten inneren Kräfte mobilisierten ihre Wut. Man weiß es wieder nicht genau. Aus den raschen, wütenden Schritten wurde bald ein lockeres Laufen und daraufhin ein verzweifeltes Rennen, ein Fortlaufen vor ihrem Kummer und ihrer Not. Sie rannte wie besessen und wie von Sinnen, und als sie plötzlich in einem Wald war, da setzte sie sich auf einen Baumstumpf und dachte: »Entweder ich tue mir etwas an oder aber ich zeige der Welt, dass ich sie nicht brauche.« – Aus entsetzlicher Angst vor dem Tod entschied sie sich für Letzteres. Und von diesem Tag an beschloss sie, sich selbst eine verlässliche Freundin zu sein, und wurde aus Trotz glücklich. Gut, es war noch ein weiter Weg bis dahin, aber zumindest war die Richtung entschieden, und es war eine gute, richtige Richtung. Vielleicht war der Wolf nicht nur ein verantwortungsbewusster Arzt, sondern auch noch ein brillanter Psychiater gewesen. Auch das weiß man nicht.

Auf jeden Fall saß an diesem Tag die Frau wieder auf genau so einem Baustumpf. Und in genau diesem Wald war es auch, als der Frau diese irre Episode aus ihrem Leben durch den Kopf ging. Plötzlich durchfuhr sie ein fürchterlicher Gedanke, den sie ganz und gar nicht denken wollte. Was, wenn der Flötenspieler, stur wie auch er war, ihr zum Trotz nicht glücklich werden wollte?

Vor ihr hopste ein großer schwarzer Vogel über den duftenden Waldboden. »Na? Was machst du denn da?«, fragte sie die einsame Nebelkrähe. Die hopste grußlos weiter, an ihr vorbei und hob schließlich lautlos ab, um in die Lüfte zu steigen. »Ach, wie schön es sein muss, einfach davonzufliegen«, überlegte sie und erhob sich, um nach Hause zu fliegen. Unterwegs dachte sie noch einmal an den schwarzen Vogel. Vielleicht war es der verzauberte schillernd bunte Singvogel gewesen, den Apollon zur Strafe hatte schwarz werden lassen und ihm die Stimme fortgenommen hatte, weil er es gewesen war, der liebliche Singvogel, der ihm verkündet hatte, dass die Königstochter Koronis untreu gewesen war. Sie dachte an den Flötenspieler und ob es möglich war, dass er sie auch dafür bestrafte, dass sie ihm ständig die Wahrheit unter die Nase rieb.

## *Zerberus oder ein Ausflug in die Unterwelt*

Der Flötenspieler war an diesem Tage wie ferngesteuert. Seine Trübsinnigkeit ließ sich durch nichts vertreiben.

»Wenn du in die Unterwelt willst, dann gehen wir eben da hin. Los, komm mit!« Die Frau hatte alles versucht, die trüben Gedanken wegzuzaubern. Es gingen ihr allmählich die Ideen aus. So beschloss sie, ihn auf direktem Wege da hinzuführen, wo wir alle einmal landen würden, in die Unterwelt. Auf diese Art würde er vielleicht zu schätzen wissen, wie gut er es hier bei ihr und mit ihr hatte. Sie ging voran und er trottete hinterher. Sie betraten den großzügig angelegten Park vor dem Eingangsbereich der Universität für Musik und darstellende Künste. Plötzlich bog die Frau scharf rechts ab und verließ den Kiesweg. Sie ging über frisch gemähten englischen Rasen, vorbei an einer protzigen Magnolie, direkt auf eine Stützmauer zu. Darauf setzte sie sich und ließ sodann auf der anderen Seite ihre Beine hinunterbaumeln. Der Flötenspieler blickte sie verdutzt an. »Los, setz dich!« Sie deutete auf den Platz neben sich, indem sie mit der Handfläche den Stein tätschelte. Als der Flötenspieler auch Platz genommen hatte, hievte sie sich in die Höhe, indem sie ihre Arme durchstreckte, sie schwang ihr Becken vor und ließ sich hinunterplumpsen. Zwei Meter tiefer landete sie auf den grün veralgten Steinen eines Bachbettes. Ein Erpel reckte sich hoch und pustete sein Gefieder auf. Er machte kehrt und watschelte empört davon. Seine zwei perfekt geringelten Schwanzlöckchen wackelten hin und her, als schüttelte er sie anstelle seines Kopfes. Nirgends hatte man seinen Frieden.

»Spring!«, rief die Frau nun dem Flötenspieler zu. Er blickte sich um und schaute verwundert auf die Frau. Dann sprang er ohne Widerworte zu ihr in den Abgrund. Er landete auf seinem Hosenboden und fluchte. Dem Erpel war das zu viel und er flog nun doch auf und davon. Die Frau versuchte, dem Flötenspieler aufzuhelfen, aber vor ihren Augen zu Sturz zu kommen, war schon Schmach genug. Jetzt auch noch ihre Hilfe angeboten zu bekommen, das kränkte ihn. Er fegte ihre Hände zur Seite und stand auf, sagte aber nichts. Kein Wort sagte er. Er verbarrikadierte sich hinter seinem Schweigen. Es schien, als wünschte sich der Flötenspieler nun tatsächlich nichts mehr, als mit ihr in die Unterwelt zu verschwinden. Ihm war egal, wie absurd und bescheuert diese Unternehmung war. So begab er sich in ihre Hände, als wollte er selber gar nichts mehr in der Hand haben. Daher verstummte er, um dieses Vorhaben auf keinen

Fall durch blöde Kommentare zu gefährden. Auffallend unauffällig wollte er sein, der Flötenspieler. So unauffällig, damit es keinem auffallen konnte, dass gerade eine überirdische Geschichte ihren Anfang ins Unterirdische nahm. Keine Geister, kein Schicksalsgott, keine Ordnungswache und nicht einmal die Frau sollten bemerken, was hier geschah. So konnte niemand versuchen, diesen Wahnwitz vorzeitig zu verhindern.

Als Kind hatte die Frau geträumt, auf einem Jahrmarkt vergessen worden zu sein, und sie hatte alle Kuscheltiere aus den Schießbudenständen gierig an sich gerafft. Als sie bemerkt hatte, dass es nur ein Traum sein konnte, da hatte sie ihre neu gewonnenen Kuschelfreunde so sehr festgehalten, wie sie nur konnte. Sie hatte gedacht, auf diese Art ihre Stofftiere bestimmt mit in die Realität nehmen zu können.

Genauso fest schien sich der Flötenspieler an die Hoffnung zu klammern, mit der Frau dem Diesseits zu entkommen. Alles in die entgegengesetzte Richtung also.

Die Frau setzte sich in Bewegung. Sie gingen hundert Meter das Bachbett entlang, bis der Bach in eine Höhle plätscherte. Unter einem Gewölbeeingang, über die grünen Steine, stolperte der Bach in die Unterwelt hinein. Hier musste der Bach nun sein natürliches Bachbett verlassen und wurde in eine Betonrinne umgeleitet. Das ist das Gemeine daran, das Wasser kann nicht einfach stehenbleiben und sagen: »Dahin weiter? Niemals!«

Die beiden mussten an gleicher Stelle eine Art Gehsteig betreten, der links und rechts der Rinne zur Befestigung gebaut war. Sie sagten aber auch nicht: »Dahinein? Niemals!«, obwohl sie es gekonnt hätten. Der Bach verstand das nicht.

Die Frau hob einen langen Ast vom Boden und brach ihn über ihrem Knie in zwei Stücke. Sie reichte dem Flötenspieler einen der Stecken als Wanderstab. Auf ihrer Zunge lag die Bemerkung, dass er ihn davor bewahren sollte, noch einmal auf dem Hosenboden zu landen. Aber sie verkniff sich die Bemerkung. Als die Bemerkung das bemerkte, verpuffte sie. Auch sagte die Frau nicht, dass er den Stab vielleicht zum Schutz gegen Zerberus, den dreiköpfigen Höllenhund, brauchen würde. Und da der Flötenspieler ihn schweigend annahm und ihn ihr nicht über die Schulter schleuderte, sah sie ihn einen kurzen Moment argwöhnisch an, mit geneigtem Kopf. Er war scheinbar noch bereit, den Stecken in seinen Händen zu behalten.

Sie hopsten auf den letzten Steinen über den Bach und betraten sodann am linken Ufer die Unterwelt. Vielleicht wäre es rechts des Baches klüger gewesen, aber dazu gab es keinerlei Hinweise. »Immerhin kein Zerberus weit und breit«, sagte sie zu ihrer inneren Stimme. Den Flötenspieler sprach sie lieber nicht an. Sie wollte ihn nicht dabei ertappen, dass er sich immer noch so auffällig unauffällig verhielt. Er tappte brav hinter ihr her.

Um der eigenartigen Stimmung entgegenzuwirken, begann sie ein Gespräch in ihrem Kopf mit einem fiktiven Flötenspieler. Der meinte, es sähe hier aus wie in ihrem Auto. »Du hast mein Auto doch noch gar nicht gesehen«, gab sie zurück. Und er sagte: »Was spielt denn das für eine Rolle? Ich bin doch erfunden.«

Sie unterhielt sich noch weiter mit dem Flötenspieler Nr. 2 und es beruhigte sie, dass er genauso missmutig war wie Flötenspieler Nr. 1. Langsam wurde es finster in der Unterwelt. Links und rechts kamen Arme von kleinen Rinnsalen daher, die sie mit

Leichtigkeit überspringen konnten. Die Lichtkegel, die von den Kanaldeckeln auf sie trafen, waren die einzigen Lichtquellen. An manchen Abschnitten wurde es derart finster, dass sie sich langsam vorantasten mussten. Dann streckte der Flötenspieler seinen Arm nach ihr aus und legte ihn auf ihre Schulter. Diese Annäherung, die bestimmt nur der Funktion diente und gewiss nicht der Form, also um nicht übereinander zu stolpern, fühlte sich an wie ein Geschenk. Er vertraute sich ihr an. Sie jauchzte innerlich bei jeder Berührung. Er verriet ihr nicht, was in seiner Seele spukte, nicht, was sich in seinem Herzen zutrug, aber immerhin alles andere, was von ihm übrig war, legte er nun auf ihre Schulter. Und da es so wenig war, war es demzufolge natürlich von großem Wert. Nun war es immer eine kleine Sensation, wenn er sie berührte, aber weil es sie rührte und nicht, weil sie es erotisch fand. Schon gar nicht hier in der Unterwelt. Da hatte man wohl ganz anderes im Kopf und auch in der Nase.

»Ich wusste gar nicht, dass die Unterwelt so stinkt«, meckerte der imaginäre Flötenspieler ihr ins Ohr.

»Das gehört nun einmal dazu. Sei doch froh, dass hier keine Ratten sind.« Da huschten Ratten von links nach rechts und die Frau quiekte auf und die Ratten auch. »Sehr witzig«, sagte sie zu den Ratten. Und die Ratten kicherten und schauten, dass sie weiterkamen. Der Flötenspieler quiekte nicht, aber er legte seinen Arm auf ihre Schulter. Jetzt hätte sie auch lieber eine Frau mit einer Schulter griffbereit gehabt, anstatt boshafter Überraschungsangriffe dieser vorwitzigen Ratten vor ihrer Nase.

Nach einiger Zeit waren es nicht nur kleine Rinnsale von links, die ein Weiterkommen erschwerten, sondern ordentliche

Rinnen voller Abwasser. Und da sich der Flötenspieler ihr endlich anvertraut hatte, war sie nicht bereit, ihn zu enttäuschen. So raffte sie mit ihrem Holzstecken alles Schwemmgut, das zu finden war, zusammen und drapierte es zu einer kleinen Insel. Währenddessen standen Flötenspieler Nr. 1 und Nr. 2 nur da und gafften ... Wahrscheinlich. Sie vermutete das. Denn es war nun so finster geworden, dass sie es nicht wirklich gut erkennen konnte. Dann wagte sie den Schritt auf ihre Insel, um den stinkenden Bach zu überqueren. Dabei rutschte sie auf ihrer glitschigen Dammkonstruktion aus und trat in die Ekelbrühe. Nun, eigentlich war es auch schon egal. In die Unterwelt ging man ja nicht, um mit sauberen, trockenen Schuhen wieder herauszukommen. Eigentlich kam man aus der Unterwelt überhaupt nicht wieder heraus. Aber diesen Gedanken, den pustete sie davon.

Der Flötenspieler stand nun alleine mit seinem Geist am anderen Ufer. »Ich dreh um«, sagte er plötzlich.

»Wie bitte?«

»Ja, ich habe es verstanden. Die Unterwelt ist Mist«, sagte er lapidar und drehte sich um.

»Du lässt mich hier in der Unterwelt alleine zurück?!«, quiekte die Frau schon wieder und konnte es nicht fassen.

Der erfundene Flötenspieler sagte: »Ich bleibe bei dir«, aber das kam gar nicht gut an. Die Frau pustete auch ihn weg und der erfundene Flötenspieler landete in der Kloake. Er konnte zwar am allerwenigsten für die Umstände, aber das war der Frau nun auch egal. Manchmal kriegte man es einfach ab, wenn man der Falsche war, der zur falschen Zeit am falschen Ort ganz egal was sagte. Die Frau stieg über ihn hinweg und stiefelte dem echten Flötenspieler hinterher. Sie packte ihn an der Schulter und drehte ihn zu sich um, so dass er sie anblicken musste, was allerdings schwer zu erkennen war. Aber es muss eigentlich so gewesen sein. Wohin sonst hätte er schon blicken sollen?

Die Berührung seiner Schulter hatte aber gar nichts mit Vertrauen zu tun, viel eher mit Misstrauen. Oft musste man für richtige Schussfolgerungen gar nicht alles sehen oder hören. »Wenn du jetzt alleine zurückgehst, dann soll dich Zerberus der Höllenhund verschlingen. Wohl nicht mit einem Happs, sondern langsam und qualvoll, Stück für Stück. Und erst werde ich dich für ihn in diesem stinkenden Wasser marinieren.« Mehr war nicht drin. Die Frau war sehr schlecht mit Drohungen.

Aber der Flötenspieler verstand dennoch den Ernst der Lage. Daher sagte er: »Nun, was ist dein Plan? Wie soll denn diese Kapriole enden?«

Das wusste die Frau eigentlich gar nicht, aber sie wusste, dass sie nicht in der Unterwelt alleine zurückgelassen werden wollte. »Der Plan ist das Abenteuer und der Erfolg ist das, was dabei herauskommen mag.«

»Aber wir kommen hier nicht mehr heraus, wie es scheint. Auch wenn ich mag.«

Die Frau sagte: »Vertrau doch einfach darauf. Vertrau mir!« Und wie sie es sagte, wurde ihr klar, dass sie damit eine gewaltige Verantwortung übernommen hatte, und sie wünschte, sie würde selbst ein bisschen darauf vertrauen, dass die Geschichte ein gutes Ende nehmen könne. Sie sah sich um, aber auch die Zuversicht hielt sich im Dunkeln versteckt. »Verdammt«, dachte sie, und der imaginäre Flötenspieler, der immer noch in der braunen Suppe saß, sagte: »Vertrau einfach darauf«, und da hasste sie ihn noch ein wenig mehr. Also hopste sie über seinen Kopf hinweg auf die andere Seite des Ufers. Auch der Flötenspieler sprang nun über den Kopf des der Fantasie entsprungenen Flötenspielers hinweg, der Frau hinterher.

»Noch schwieriger, die richtige Entscheidung zu fällen unter so viel Druck«, stellte die Frau fest. Und bei der nächsten Kreuzung der Zuflüsse stellte sich ihr schon die Frage, welchem Rinnsal sie nun weiter folgen sollten. Denn zwei Bäche hatten sich aus den Zuflüssen gebildet, beide waren von gleicher Größe und glichen sich so in ihrer Bedeutung, und jeder floss in eine andere Richtung weiter. Es gab absolut kein richtungsweisendes Indiz. Im Gegenteil. Die beiden stinkenden Bäche taten derweil so, als ginge sie das Dilemma dieser Menschen nichts an. Dieses Problem hatten sie ja nicht. Das war, unter anderem, dem Verlauf des Gefälles geschuldet. Sollten die Menschen doch ruhig einmal mitbekommen, wie es sich anfühlte, als durch und durch verschmutzter und gedemütigter Bach völlig ausgeliefert und einbetoniert zu sein. Da entwickelte man ja, nicht nur als Bach, mit der Zeit vollkommende Willenlosigkeit. Zuerst noch Wut, dann Verzweiflung, aber dann ... irgendwann gab man sich dem Schicksal hin und entwickelte Gleichgültigkeit zum eigenen Schutz.

Die Frau ließ sich ihre Unsicherheit nicht anmerken und wählte den rechten Bach, obwohl sie dafür mehr Aufwand betreiben und zweimal hüpfen mussten. Irgendwie, dachte sie, würde sie dafür belohnt werden, da sie freiwillig den schwierigeren Weg gewählt hatte. Ja, in der Unterwelt entwickelte man neben Wut und Verzweiflung und Gleichgültigkeit auch einen gewaltigen Aberglauben ... zum eigenen Schutz. Sich daran festzuhalten, ergab plötzlich mehr Sinn, als das Festhalten an ihrem Wanderstab. Als der Flötenspieler wieder an ihre Schulter fasste, fühlte es sich an, als wäre er einverstanden mit ihrer Entscheidung. Auch an diesem Glauben wollte sie sich festhalten.

Nun waren sie schon eine ganze Weile unterwegs. Was die Frau wieder nicht bedacht hatte, weil sie so oft nicht zu Ende dachte, war Folgendes: Es war inzwischen dunkel geworden in der Oberwelt. Und damit war es in der Unterwelt doppelt so finster, und da wurde es der Frau angst und bang und sie verfluchte ihre Unbeholfenheit. Auch stellte sie fest, dass in dieser Finsternis die Bilder in ihrem Kopf verschwunden waren. Ihre Bilder brauchten offenbar Licht. Das ergab nun überhaupt keinen Sinn. Auch das Ausbleiben der Bilder beunruhigte sie, denn für gewöhnlich beruhigten sie ihr Gemüt. Interessant, wie ungewöhnliche Bilder zur Gewohnheit werden konnten. Es fehlte ihr, das ungewöhnlich Gewöhnliche. Die Mutlosigkeit kam dahergeschlichen und nahm von ihr Besitz. Sie wollte doch zu gerne dem Flötenspieler ein schönes Erlebnis schenken, und jetzt sah es so aus, als müsste sie verhindern, dass es ein verstörendes Erlebnis werden würde. Sie dachte plötzlich an die Möglichkeit unerwarteter Gewitter. Das Wasser würde innerhalb kürzester Zeit steigen und sie fortspülen. Buchstäblich wie menschlichen Abschaum. Damit würde sich ihr irdisches Erlebnis in ein unterirdisches *Ablebnis* umwandeln. Man konnte es der Unterwelt nicht übelnehmen. Sie war es nicht, die sich für irdische Erlebnisse zuständig fühlen musste.

Als sie kurz davor war, ihre Nerven zu verlieren, da beendete der Flötenspieler sein Schweigen und begann zu plaudern: »Hast du gewusst, dass Frauen fast doppelt so gut riechen können wie Männer? Demnach bist du meine Heldin, wenn ich bedenke, wie ich den Geruch der Unterwelt schon kaum ertrage. Und hast du gewusst, dass man Geruch messen kann? In OLF misst man Geruch. Ein OLF ist der Geruch einer Person, die sich kaum bewegt und fünfmal die Woche duscht. Und hast du gewusst, dass der Atem des Zerberus tödlich ist? Das kann man doch einen gewaltigen Mundgeruch nennen, oder?«

Dann plapperte er noch aufgekratzt weiter, fuhr sich zur Gänze hoch und schickte allerlei unnützes Wissen durch die Gänge der Unterwelt. Es war wie eine Panikblüte von Sachlichkeit als Gegengewicht zu ihrer Ohnmacht. Sein präzise arbeitendes Gehirn produzierte relevante Mengen von Fakten aus dem echten Leben, das zum Angriff blies auf all die abgestorbene Verderbnis der Unterwelt. Die Frau staunte über die magische Kraft von Fachwissen. Sie fand das rührend, denn ihr kam der Verdacht, der Flötenspieler versuche damit vor allem, sie zu beschützen.

Und dann war es so weit. Sie sah die Hand nicht mehr vor Augen. Und so viel Geschwätz konnte man gar nicht produzieren und durch die Gänge hallen lassen, um die absolute Finsternis und das Grauen in der Unterwelt abzuwenden. Da spürte die Frau schon wieder die Tränen der Verzweiflung hochsteigen. Mist, immer vermasselte die Finsternis ihr die tollsten Abenteuer. Egal, ob gepaart mit Hitze oder Gestank, sie waren nicht gut aufeinander zu sprechen, sie und die absolute Finsternis.

Da hörte sie ein lautes, reißendes Geräusch direkt hinter sich und schreckte zusammen. Der Höllenhund hatte sich den Flötenspieler geschnappt und zerfetzte ihn! Sofort war das Geräusch wieder verstummt. Die Frau riss die Augen noch weiter auf, aber sie sah dennoch nichts. Nichts war eben nichts und blieb auch nichts. Es gab nicht weniger von nichts. »Was war das?«, schrie sie ins Finstere.

»Nichts«, sagte der Flötenspieler und wieder war das Geräusch zu hören.

Da flammte ein beißendes Feuer auf, als wollte das Licht sie attackieren. Glühende Augen des Höllenhundes! Die Frau fiel fast rücklinks um vor lauter Schreck. Die Strahlen des Lichtes nahmen aber überraschenderweise einen friedvollen Verlauf und bahnten sich links und rechts an ihr vorbei. Der vermooste Gang leuchtete in sattem, glitschigem Grün märchenhaft auf. Nun sah die Unterwelt aus wie die schillernde Grotte des Wassermanns. Von der Decke hingen tiefenentspannte Fledermäuse, als wären sie in einer ihrer Yogapositionen eingeschlafen. Die Frau sah sich verzückt um. Der nackte Oberkörper des Flötenspielers warf Fragen auf, das irritierte die Frau aber nun nicht sonderlich. Viel zu viele kontroverse Eindrücke waren da gerade auf sie eingeprasselt. Ratter, ratter ... auch ihr Gehirn arbeitete präzise, um mit dieser Situation zurechtzukommen.

Folgendes war geschehen: Der Flötenspieler hatte sich das Hemd ausgezogen und in Streifen gerissen. Er hatte die Stoffbahnen erst um seinen Wanderstab gewickelt und sodann angezündet. »Los jetzt«, forderte er sie auf, um in die Gänge zu kommen, um aus den Gängen zu kommen. Und so liefen sie weiter den Bach entlang, so schnell sie nur konnten. War der Stoff heruntergebrannt, wurde der nächste Streifen um den Stab gewickelt und abgefackelt. Und als sich der letzte Streifen in Glut auflöste, da sahen sie in der Ferne auch schon einen Lichtschimmer und sie jauchzten und jubelten und umarmten sich. Es war tatsächlich das Ende des Tunnels und kein entgegenkommender Höllenhund mit drei Köpfen und sechs leuchtenden Augen.

Als sie ins Freie traten, da standen sie am Ufer des Flusses, in den alle verschmutzen Bäche der Stadt mündeten, nur wenige Meter von der Hauptbücke entfernt. Die verschwenderische Beleuchtung der nächtlichen Straßen, die Reklamen in all den schreienden Farben und der Lärm des Abendverkehrs, das alles hieß die beiden verlorengegangenen Menschen aus der Unterwelt herzlich willkommen. Sogar der Gestank der Stadt roch himmlisch und stimmte sie fröhlich. Sie saugten die verschmutzte Luft gierig ein. So war alles relativ im Leben.

»Den Zeiger für OLF würde es bei einer Messung an uns vermutlich aus dem Gerät schleudern«, sagte der Flötenspieler fröhlich und blickte die Frau grinsend an.

»Und?«, sagte die Frau. »Was denkst du jetzt über die Unterwelt?«

»Ich kann dich noch immer gut riechen«, sagte er. »Eigentlich noch besser als davor.«

»Ja«, meinte die Frau, »ich dich auch.«

Und so war der Flötenspieler glücklich, dass die Unterwelt ihn wieder ausgespuckt hatte. Das machte die Frau wiederum zufrieden und auch das Bild, das er abgab, halb nackt und so verdreckt vom Leben in der Unterwelt, das machte sie glücklich und sie lächelte noch den ganzen Abend auf dem Weg nach Hause vor sich hin.

## *Die Pastorale*

Vielleicht war der Flötenspieler voller Verlangen, die Frau bald wiederzusehen. Denn er schrieb: »Jetzt möchte ich doch lieber hinauf auf die Berge. Brenn durch und bring bitte meine Lebensfreude mit, falls du sie gefunden hast.«

»Bei mir hast du sie sicherlich nicht verloren«, schrieb die Frau zurück.

Die Frau holte den Flötenspieler vom Bahnhof im Dorf ab. »Schau an!«, rief sie vergnügt. »Du *wartest* hier am *Weg* zusammen mit einer *Wegwarte.*«

Der Flötenspieler verstand nicht und die Frau zupfte einen Zweig der blauen Heilpflanze am Wegrand ab und steckte ihn hinter die Scheibenwischer ihres Autos. Die Frau hatte beobachtet, dass Kräuter und Heilpflanzen immer da aufgingen, wo sie gebraucht wurden. Sie fand das ausgesprochen liebenswürdig, wie die Natur sich einem aufdrängte. »Das ist eine meiner Lieblingsblumen. Man nennt sie auch Sonnenbraut, weil ihre Blüten den ganzen Tag der Sonne zugeneigt bleiben – wie die Braut ihrem Liebsten. Sie ist bescheiden und wächst an den trockensten Stellen in staubigem Schotter.«

Die Frau fand, sie hatte nichts gemeinsam mit der Wegwarte. Diese zarte Pflanze brach selbst durch den Asphalt und wuchs unter den trostlosesten Umständen. Das schöne Blau ihrer Blüten verschönte ihre karge Umgebung, in der sie sich unbekümmert sonnte. Sie selbst musste sich schmücken, um sich schön zu fühlen, und stolperte erst einmal über jedes Steinchen. So wie sie und diese zierliche, aber widerstandsfähige Blume nicht zusammenpassten, so passten sie und der Flötenspieler, in dieser Konstellation, nicht in die alpenländische Kulisse. Die Frau fand sich nun mit dem Flötenspieler inmitten ihrer Berge absurd. Sie drückte sich steif und zappelte verlegen herum.

»Ich habe keine Bergschuhe«, sagte der Flötenspieler.

»Ja, das sehe ich«, sagte die Frau.

Im Gasthof war keine Menschenseele. Die Fliegen brummten in den nostalgietrunkenen Räumlichkeiten. Einige zappelten schon verklebt auf einem Fliegenfänger, der von der Decke herunterbaumelte. An der Rezeption lagen ein Zettel mit Anweisungen und die Zimmerschlüssel. Drumherum bildeten zwei mit Kräutertee gefüllte Thermoskannen und in Butterpapier eingewickelte Jausenbrote ein Spalier. Daneben hatte die Wirtin zwei kleine Lavendelsäckchen in Trachtenstoff drapiert als kleines Willkommensgeschenk. Sie freute sich, denn nun hatte sie schon eine geeignete Trophäe. Schwups, war das Säckchen in ihrer Jackentasche verschwunden. Ach, diese österreichische Gastfreundschaft! Der Flötenspieler brachte das Gepäck in Halbschuhen auf die Zimmer und kam schließlich mit Sportschuhen wieder herunter. Die Frau packte den Rucksack und schnupperte dauernd an ihren Händen, die nach Lavendel dufteten. Sofort dachte sie an den Abend, als das Flötenspiel sie verzaubert hatte, und sie wurde ganz aufgeregt. Ein tiefes Gefühl von Zärtlichkeit überkam sie.

Sie fuhren die Mautstraße entlang. Der Flötenspieler blickte sich im Auto um. »Fahrende Müllkippe, was?«, sagte er und hob eine leere Trinkflasche vom Boden auf.

»He! Hier wird nicht geraunzt.«

»Wie bitte?«

»Nörgle nicht! Sonst bin ich gleich wieder weg«, sagte die Frau. »Bevor du also etwas Böses sagst, schweigst du lieber bis morgen.«

»Damit kann ich leben«, sagte er und grinste. »Ich rede ohnedies nicht sonderlich gerne.«

Sie wanderten los und er fragte nicht einmal, wohin die Wanderung ging.

»Drei Stunden da hinauf und zwei wieder herunter«, erklärte die Frau trotzdem.

Die Wiesen waren übersäht mit Blumen in allen erdenklichen Farben und der Almrausch stand in voller Blütenpracht. Es herrschte Postkartenwetter und die Frau zersprang bereits innerlich vor Begeisterung und Entzücken über die Vielfalt der Natur. Das eigenartige Gefühl von der falschen Szene am Bahnhof verzog sich. Der Flötenspieler war wieder schweigsam und trottete ihr nach. Mit jedem Blick zurück und mit den zeitgleich immer steileren Wegen und der zunehmenden Anstrengung wurde er ein wenig vergnügter. Der Frau fiel ein Stein vom Herzen, denn sie fühlte sich verantwortlich für seine Stimmung.

Vom warmen, karstigen Boden stieg heiße Luft auf. Sie spürte es an ihren nackten Beinen wie ein sanftes Streicheln. Es duftete nach Kuhfladen, Bergthymian und der krautigen Schafgarbe. Sie drehte sich wieder um und der Flötenspieler zog kurz seine Schultern hoch, als wollte er sagen: »Ich gehöre hier nicht her. Es weiß der Geier, wie ich hier gelandet bin. Aber es ist ganz nett.« Ein weites Geröllfeld querten sie nun, dann setzten sie sich am Ende dieser Steinwüste auf einen weißen Felsen. Die Sonne brannte herunter.

»Hast du denn keinen Sonnenhut mitgebracht?«

»Schau ich so aus?«, fragte der Flötenspieler. So zog er sich sein T-Shirt aus, um es sich um den Kopf zu wickeln. Die Frau kam sich vor wie in einem Werbespot, als sie versuchte, seinen Oberkörper nicht anzustarren.

Sie aßen und tranken. Der Flötenspieler fütterte sich wieder mit Brot und Wurst. Die Frau schnitt mit ihrem Taschenfeitel Scheiben vom Apfel ab und zuzelte den Saft aus den Stücken. Angefangene Sätze gingen ins Leere. Die Frau ließ sich auf den Stein zurücksinken. Sie atmete tief. Der Flötenspieler blickte zu ihr und sie schaute blitzschnell in den Himmel, als sie bemerkte, dass er sie musterte. Eine Leichtigkeit spürte sie und ihr Herz hüpfte. Das angespannte Verhältnis des Flötenspielers zur ganzen Welt löste sich in der Alpenluft auf. Auch sein Argwohn gegenüber der Frau und ihrer Welt fiel von ihm ab.

»Warum kletterst du so gerne auf Bergen herum?«, fragte er.

»Der Mensch ist eben Nomade. Es bringt mich mir selbst und meiner Ursprünglichkeit näher. Mit eigener Kraft einen Gipfel zu erklimmen, das ist toll«, erklärte sie.

»Sag ich doch! Als Nomaden waren wir glücklicher. Na, dann los!«, sagte er rastlos und sprang auf. Fast ausgelassen schien er zu sein.

»Nein, nicht mit diesen Schuhen. Das wäre fahrlässig. Dann müssen sie uns noch bergen und wir stehen in der Zeitung und als Brachialdilettanten blöd da.«

»Doch, doch, das geht schon«, meinte er trotzig.

»Nein, nein, das geht leider nicht!«, bestimmte die Frau.

»Dann war die ganze Aktion doch umsonst«, meinte der Flötenspieler und sein Gesicht verlor wieder jedes Anzeichen von Euphorie.

Sie schien den Flötenspieler schon wieder zu verlieren, wie eine Sandburg von einer Welle verschluckt und zerronnen. Es tat der Frau weh, das anzusehen. »Sonst wird aus einer Traumwanderung noch ein Alpentraum. Los, komm jetzt! Wir steigen zum See runter und halten unsere Füße ins kalte Wasser. Das macht auch glücklich.« Trittsicher wie eine Bergziege stieg sie ab, hopste die karstigen Felsen herunter und er folgte ihr flotten Schritts. Die Frau hatte ihr Hemd um die Mitte gebunden.

»Von hinten schaut es so aus, als hättest du darunter nichts an. Und da oben sind ja deine Bergziegen!«, rief er erfreut.

Die Gämsen am Kamm flohen, wobei Geröll dumpf klackernd ins Tal purzelte. Ein Murmeltier verpfiff empört die Eindringlinge. Die Frau glaubte, sich verhört zu haben. Sie hoffte aber, dass nicht.

Am grünen See angekommen, zogen sie sich erst die Schuhe aus. Dann lief die Frau zum Wasser und ließ dabei all ihr Gewand fallen.

»Die Heidi von der Alm geht jetzt schwimmen«, rief er laut den Gämsen zu.

Da war das Kind! Die Frau freute sich. Dann zog auch er sich aus und köpfelte nackt ins eisige Wasser. Danach standen sie beide bis zu ihren Knöcheln am seichten Ufer. Ihre Beine, ihre ganzen Körper kribbelten wie verrückt. Er schaute zu ihr und lächelte. Endlich war auch er in der Bergwelt angekommen und bei sich.

Später schnitzte die Frau Jägerbrot aus einer Bergdistel und ließ ihn kosten. Hier oben waren sie glücklich und fühlten sich frei und leicht. Keine düsteren Gedanken über die Endlichkeit im Allgemeinen und die Bedeutungslosigkeit im Besonderen. Die Berge konnten zaubern.

Sie kamen vergnügt zum Gasthof. Die Wirtin begrüßte ihr Gäste mit: »Aha, einmal fröhliches Landleben. Tuat guat, gö, einmal rauszukommen.«

Der Flötenspieler fragte sie nach dem Essen.

»Vur sechs koch i sicha nit.«

Sein verzweifelter Blick traf die Frau. »Mach was!«, sagte dieser Blick.

»Kriegen wir vielleicht einen Speck und einen Schnaps?«, fragte die Frau freundlich. Kriegten sie. Es war der beste Speck der Welt und der Schnaps ... wusch ... war sogleich in den Kopf gestiegen.

Sie zogen sich bis zum Abendessen in ihre Zimmer »Dachsteinblick« und »Edelweiß« zurück. Als die Frau den Flötenspieler holen wollte, schlief er friedlich. Sein Anblick rührte sie.

Sie dachte über ihre Vorstellung von ihm nach. Das Bild eines geheilten Mannes, das sie mit ihm verband, und über die Wirklichkeit, die sie voneinander trennte. Sie kam aber mit dem Abgleich nicht so recht voran mit so viel Zirbenschnaps im Kopf. Am liebsten hätte sie sich einfach zu ihm gelegt.

»Bob Dylan hat eine siebzehnminütige Neuschöpfung geschrieben, über die Ermordung Kennedys. Ich glaub, der Literaturnobelpreis setzt einen ordentlich unter Druck. Wie kann man als Musiker noch liefern, nach so einem Preis? Jeder erwartet sich eine neue Sensation. Da hat er eben auf die Länge gesetzt. Ganz schön riskant. Beethoven ist darin auch erwähnt, in einer der fünfzehn Strophen«, sagte die Frau am Tisch in der Stube.

»Aha. Mir geht Beethoven auf den Wecker«, sagte er.

»›Play Moonlight Sonata in F-sharp‹ lauten die Lyrics«, meinte sie.

»Aha …« Dann schwieg er und keiner sprach. Nach einer Weile sagte der Flötenspieler: »Dass die Mondscheinsonate in Wirklichkeit in cis-Moll ist, ist aber ziemlich peinlich, finde ich.« Wieder ein langes Schweigen.

»Nun, es sei ihm wohl verziehen, denn ›C-sharp Minor‹ hätte nicht einmal er mit der nächsten Zeile reimen können«, meinte die Frau stolz, weil sie den Text so gut kannte.

»Tja, *slave to the rhyme*, sage ich immer. Er hätte sich eben eine poetische Zeile auf Minor überlegen müssen, so als Literaturnobelpreisträger«, fand der Flötenspieler.

So begann der Abend in einer sehr verlassenen Gaststube mit zwei weiteren etwas verstaubten Gästen, die auch auf ihre

Suppe warteten und auch nicht viel zu reden wussten. Ein skurriler Ort, fand die Frau. Ein prima Schauplatz für die Schlüsselszene eines Tatort-Krimis. Der Flötenspieler schaute nun ständig und wohl aus Verlegenheit auf seine Uhr. Von der Ausgelassenheit von vorhin war nichts mehr zu spüren. Wieder hatten sie von ihm Besitz ergriffen, die Realität und seine Vergangenheit. Die Frau nahm seine Stimmung auf, die sich über beide ergoss und wie ein schwerer Mantel plötzlich über ihnen lag. Dunkle Gedanken trugen ihn fort, weg von ihr, an einen anderen Ort. Sie stellte sich vor, wie sie hochsprang, Türen und Fenster verschloss, so, als könnte sie den Dämon daran hindern, sich den Flötenspieler zu schnappen, um sich mit ihm davonzumachen. »Bleib hier!«, würde sie rufen. »Bleib hier bei mir! Lass dich nicht von ihm gefangennehmen! Lass mich nicht allein!

Der Geruch von Maggie verteilte sich in der gesamten Stube, gemischt mit Ledergeruch, Schuhcreme und einer Note von altem, kaltem Rauch. Ihre Großmutter tauchte auf und durchschritt den Raum.

»Sobald der Gasthof leer ist, raucht die Wirtin hier bestimmt genüsslich trotz Rauchverbotes zusammen mit einem Stammgast aus dem Dorf. Ich würde mir auch nichts mehr vorschreiben lassen nach so vielen Jahren«, dachte sie sich und wartete darauf, dass der Flötenspieler wieder zurückkommen würde. Aber es gab keinerlei Resonanz. Währenddessen winkte sie der Großmutter nach.

Der Flötenspieler war in Gedanken noch weit fort, dafür kam aber schon die Suppe. Die Frau sah ihn an. Sie ärgerte sich, weil er gedanklich abwesend war und sie daher so lange hier allein zurückgelassen hatte. Er schlürfte nun seine Suppe, wobei ihm die Frittaten wie die Tentakel von Captain Davy Jones links und rechts des Mundes herunterbaumelten. Er war noch immer in sich eingeschlossen, isoliert. Er war sein eigener Gefangener. »Sein eigener Verstoßener, eigentlich«, sagte sie versehentlich.

»Entschuldige. Wie bitte?«, fragte er.

»Dir klebt eine Frittate am Kinn«, sagte die Frau.

Sie aßen Wienerschnitzel mit Butterreis und Preiselbeeren in einem Dosenpfirsich. Als Dessert gab es Dosenpfirsichkompott.

»Das ist wohl ein Witz, oder?«, sagte er und die Frau musste grinsen. Sie hatte als Kind nur Pfirsichkompott als Dessert gekannt, fiel ihr in dem Augenblick ein.

Nach einem Verkehrsunfall waren einige Paletten Pfirsichkompott von einem Laster gekippt und die Dosen waren über die Straße gekollert. Ihre Mutter hatte davon so viele Dosen eingesammelt, wie sie nur konnte. Für sie als Nachkriegskind musste diese Fülle süßen Obstes, egal wohin man nur blickte, wie ein Wunder gewesen sein. Es war das erste Mal, dass die Frau über die mit Dosen vollgestopfte Besenkammer nachdachte. Als Kind hatte sie das ganz normal gefunden, jetzt begriff sie plötzlich die Komik und Absurdität dieser Pfirsichgeschichte. Aber Verlangen nach dieser Nachspeise spürte sie keines.

Hinter der Rezeption, neben den Zimmerschlüsseln, waren Kartoffelchips und Haselnussschnitten. In einem weiteren Verkaufsständer steckten Lutscher. »Zitronengeschmack oder lieber Kirsche?«, fragte sie.

»Egal«, sagte der Flötenspieler und war gedanklich weiter abwesend.

Während er an seinem Kirschlutscher schleckte, hob die Frau Schicht um Schicht ihrer Schnitte mit den Zähnen ab, kratzte die Haselnusscreme herunter und ließ sie genüsslich im Mund zergehen. Nach ihrer Convenience-Food-Nachspeise blickte die Frau auf die Fliegen, wie sie am Klebestreifen klebten und zappelten. Am liebsten hätte sie die Aufmerksamkeit des Flötenspielers daran festgeklebt. Für die Fliegen gibt es kein Entkommen, dachte sie und sagte versehentlich laut: »Für die Fliegen gibt es kein Entkommen.«

Der Flötenspieler blickte auf die makabre Szene. Dass man dabei überhaupt essen konnte, während zeitgleich diese verzweifelten Überlebenskämpfe stattfanden. »Deine Amseln sterben«, sagte er, weil er es passend fand.

»Na toll«, dachte die Frau.

»Das Usutu-Virus rafft sie alle nieder. Der asiatische Marienkäfer verdrängt den heimischen, das schwarze Eichhörnchen das rote, der eingeschleppte Buchsbaumzünsler frisst alle Buchsbäume auf. Unser Ökosystem geht kaputt.«

»Na, na, na«, sagte die Frau. »Die kommen schon wieder zurück. Die Natur wird sich erholen. Es gibt eben solche Jahre. Das ist ganz normal. Die Natur ist eine Gewalt. Unterschätze sie nicht. Überall, wo du hinschaust, entstehen sofort neue Ökosysteme. Ich brauch nur hier auf den Tisch zu spucken ... zack ... Mini-Ökosystem. Sogar wenn ich auf ein Blatt schreibe, ist es ein Mini-Ökosystem.«

»So ein Unsinn«, meinte der Flötenspieler. »Was soll denn daran ein Ökosystem sein?«

Die Frau nahm den Kugelschreiber aus dem Glas, das auf jedem der Tische stand, und schrieb auf die Rückseite der Tischrechnung.

»Hä?«, fragte der Flötenspieler und rückte etwas näher, um besser lesen zu können, was die Frau aufgeschrieben hatte. Da stand: »Mini-Ökosystem«.

»Der war gut!«, sagte er.

Die Frau fand das auch witzig. »Gell?«, sagte sie vergnügt.

»Ich meinte den Lutscher.«

»Ja, bestimmt den Lutscher. Was sonst? – Magst du jetzt mit mir einen Blick in die Vergangenheit werfen?«

Der Flötenspieler zuckte erschrocken zusammen.

»In den Sternenhimmel schauen, mein ich«, fügte die Frau rasch hinzu.

»O ja, ich brauche dringend frische Luft! Hier stinkt es entsetzlich nach abgestandenem Rauch.«

»Hättest du einen Freund, wie würde der dich wohl beschreiben? Hast du dich das schon mal gefragt?«

»Nein.«

»Das solltest du aber. Ein Abgleich von Selbstbild und Fremdbild.«

»Ja, aber da ich keinen Freund habe, ist es wieder egal«, fand der Flötenspieler.

Sie lagen auf einer Wiese zwischen Kuhfladen und Bergdisteln. Der Himmel war wunderschön. »Der Himmel ist wunderschön«, sagte die Frau.

»Wenn ich in den Himmel blicke, fühle ich mich noch belangloser als ohnedies«, gab der Flötenspieler zurück.

»Gute Güte!«, sagte die Frau. »Jetzt gib dir doch mal einen Ruck! Ich habe nicht genug Kraft für uns beide.«

»Weißt du«, sagte der Flötenspieler plötzlich, »du kannst einem schon ordentlich die Stimmung versauen.«

Die Frau glaubte, nicht richtig gehört zu haben. »Ich glaube, wohl nicht richtig gehört zu haben!«, sagte sie daher empört.

»Ich meine, mit deinem Therapieherzen, den Vorgaben und all den Erwartungen ... ständig bin ich deiner Observation ausgesetzt ... Deine selbstverliebte Ermächtigung, die Welt zu retten. Du stocherst in Wunden. Du hebst deinen Finger, als wolltest du dozieren und ... zack ... fährst du mir damit erbarmungslos in die Seele«, setzte er nach. Nein, er war nicht zimperlich im Umgang mit ihr. Ein Hau-drauf-und-Schluss-Typ. »Dräng mir dein Mitleid nicht auf! Dein Wohlwollen, das entspringt einer Überlegenheitsfantasie.«

»Blödsinn«, sagte die Frau. Aber sie fühlte sich wie ein angeschossenes Tier. Am liebsten wäre sie davongelaufen, aber sie lag da und schwieg. Sie presste sich mit aller Kraft auf den Boden, in der Hoffnung, er würde sie verschlucken. Ihr war nun klar, dass der Flötenspieler den Blick in den Spiegel nicht ertragen konnte, den sie ihm ständig vorhielt. Aber sie war für ihn zu genau dem fröhlichen Gesicht geworden, das sie selber nicht ertrug, immer wenn sie sich kümmerlich fühlte.

»Du möchtest, dass ich mich mit den Schatten auseinandersetze? Soll ich dann mit dir beginnen? Du bist so bedürftig nach dieser Freundschaft ... Du willst mich trösten, aber du willst dich in erster Linie selbst retten. Nur, ich kann dich nicht festhalten, denn ich kann selbst kaum atmen. Verstehst du das? Nimm deine Nase, sie steckt in meinen Angelegenheiten. Ich führe so ein schwarzes Leben im Augenblick und du so ein buntes. Du setzt mich zusätzlich unter Druck, denn die schwarze Farbe ist es doch, die die bunte dunkel färbt und niemals umgekehrt. Ich habe keine Kraft, mich darum zu kümmern. Ich kann das nicht! Ich muss auf mich selbst aufpassen, damit ich die Tage überstehe. Du trägst eine krankhafte Sehnsucht in dir, alle zu retten, alle Dämonen zu zerstören, und versuchst, die süßen Träume wieder auferstehen zu lassen. Es geht dabei aber um dich. Es ist Geltungssucht. Siehst du es nicht? Und es ist Schizophrenie. Von mir aus soll es freiwillige Schizophrenie sein, aber dennoch ist es krank. Du erträgst meinen Zustand nicht. Aber dafür kann ich doch nichts. Es ist nicht meine Schuld. Ich kann dieses Leben einfach besser ertragen, als du es erträgst, mitansehen zu müssen, wie ich trauere. Aber das ist eine Wunde, die du in dir hast. Du kannst deine Wunde nicht heilen, indem du in meine stichst. Sie heilt, indem man sie in Ruhe lässt. So halte ich es mit Wunden! Es ist eine Tyrannei von therapeutischen Ambitionen, um die ich nie gebeten habe. Ich brauche deine Pseudogüte nicht. Erbarmen!«

Das sagte er noch alles zusätzlich. Und mit knappen Worten sagte er dann noch in die Stille: »Ich habe keine Hände frei für jemanden, und ich habe ja nicht einmal Bergschuhe.«

Wie gelähmt war sie, die Frau, und verstummt. Sodala, da waren sie nun, die Worte. Nun war sie es, die am liebsten auf die Berge hinauf geflüchtet wäre, um dort als Eremitin zu bleiben. Das waren ihr eindeutig viel zu viele Worte! Alles viel zu wortreich erklärt. Worte waren unter falscher Anwendung durchaus gefährlich und konnten einem so die ganze Sprache nehmen.

Im Wirtshaus rief die Wirtin: »Ah, då seids jo! Wos wulltsn no trinken, weil i håb Sperrstund.«

Der Flötenspieler bestellte einen Wacholderschnaps und einen Rotwein.

»Für mich auch«, sagte die Frau.

»Auch ån Wacholder?«, fragte die Wirtin nach.

»Nein. Auch eine Flasche Rotwein«, sagte die Frau.

Die Wirtin ließ die Getränke mit Wucht vor ihren Nasen auf den Tisch donnern und sagte: »Soda!«, und wünschte den Herrschaften eine gute Nacht. »Und bevor's schlofn gangats, sperrts bittschön die Haustia zua.«

Die Frau versuchte noch immer, sich von den Grobheiten zu erholen. Sie ging aufrechten Hauptes am Flötenspieler vorbei zu einem Wurlitzer, der in einer Ecke der Stube verstaubte. »More Than This« von Roxy Music füllte den Raum. »Take it easy Rock« von Fleedwood Mac hätte sie unpassend gefunden. Keine Alternativen wären außerdem gewesen: »Schickeria« von Spider Murphy Gang, weil sie es grausam fand. »Weilst a Herz hast wie a Bergwerk« von Fendrich, weil es unpassend war. »Love is Holy« von Kim Wilde, weil es unpassend war. »My Life« von Billy Joel, weil es unpassend war. »Maybe« von Thom Pace, weil es unpassend war. »Save me« von Clout, weil es unpassend war. »Sunday Girl« von Blondie, weil sie den Song gerade nicht im Ohr hatte.

Ein Wurlitzer, fast so alt wie ihr ganzes Leben, und man hatte offenbar wirklich gut auf ihn aufgepasst. Sie beneidete ihn darum. Das war ein schlechtes Zeichen. Ihr Neid sprach, wie immer, seine deutliche Sprache und hielt ihr erbarmungslos ihre Bedürftigkeit vor die Nase.

Sie begann, ihre Hüften im Rhythmus der Nummern zu schwingen. Sie tanzte zum Tisch zurück, schenkte sich ein volles Glas Rotwein ein, tanzte am Flötenspieler vorbei. »Setz dich hin«, befahl sie ihm.

Der Flötenspieler dachte nun, er müsse etwas sagen und sagte etwas: »Es tut mir leid. Ich dachte eigentlich, es würde alles ganz leicht gehen mit dir.«

Die Frau ließ sich jetzt vollkommen von der Musik davontragen. Jetzt war sie es, die mit ihren Gespenstern und Geistern den Flötenspieler allein zurückließ. Sie umarmte ihre Geister und streichelt sie zärtlich. So verbrachte sie lieber ihre Zeit mit der Fantasie und ihren Halbwahrheiten, wenn die Wahrheit wieder einmal zum Schlag ausholte.

Sie wiegte ihren Körper und entschwand in ihre erotisch-melancholische Traumwelt. In ruhigen und weichen Bewegungen schwang sie rhythmisch zur Musik und schloss dabei die Augen. Es war keiner dieser Tänze, die keiner sehen sollte, weil sie dem Zuseher Schmerzen bereiten, sondern es war ein himmlischer Tanz, der zu ihm sprach. Sie berührte ihre Beine, streichelte ihre Arme und drehte sich mit den Tönen, als wäre die Musik ihr unsichtbarer Tanzpartner.

Der Flötenspieler betrachtete ihre Brüste, die sich unter dem dünnen Stoff ihres Gewandes abzeichneten. Sie waren so straff wie nach ihrem eisigen Bad am Berg, schien es. Er wollte ihren Po berühren, ihr hohles Kreuz entlang streicheln ... wieder zu den Pobacken. Er wollte sie fühlen und ertasten, was sie darunter trug. Aber sie war nicht mehr da. Sie hatte sich durch das Fenster davongeträumt. »Bleib hier bei mir!«, dachte nun der Flötenspieler. »Du kannst aufhören, mir alles anzulasten. Dann musst du dich nicht länger selbst belügen«, dachte er und weinte. Roxy Music folgte Goran Bregovic's »Old Home Movie«.

Es ist ein tiefer viszeraler Schmerz, wenn die Musik die richtige Stimmung in einem anschlägt. Ein sehr intimer Schmerz im Allerinnersten, der Tränen und Seufzer hervorbringt. Er schwingt sachte daher, in himmlische Höhen. Die Frau spürte sich als Resonanzkörper ihrer Leidenschaft. Bilder und Visionen entstanden. Die Frau lächelte. Aber sie war mit ihren Geistern für sich allein. Die Realität war schließlich das, was zurückblieb, wenn man an nichts glaubte.

»Ich hab dich unausgesprochen gerne.« Man will sich, unausgesprochen. Das war auch eine geheime Absprache. In dieser Nacht träumte sie allein in ihrem Zimmer:

### *Zimmertraum*

Es passiert nach einem Konzert. Der Flötenspieler ist losgegangen und ich weiß, ich soll ihm einfach aus der Gruppe heraus folgen. Wir sind das Öl, die Gruppe das Wasser. Nach einer Weile aber gehe ich langsamer und bleibe zurück. Der Flötenspieler bemerkt das nicht und kämpft sich weiterhin kraftvoll, aber ohne zurückzublicken, durch die Menge. Er ist immer weiter fort von mir. Ich wundere mich und werde traurig, dass der Flötenspieler mit zunehmender Distanz dieses geheime Band nicht mehr spürt.

Eine kleine Verunsicherung seinerseits, ein Blick zurück, und diese Verbindung wäre wieder hergestellt. So gehe ich betroffen alleine nach Hause. Als es an der Tür klopft, klopft auch schon mein Herz. Ich öffne, aber es sind drei Männer, die vor der Tür stehen. Ich versuche rasch, die Tür zu schließen. Aber einer von ihnen hat schon seinen Fuß in den Türstock gestellt. Sie verschaffen sich gewaltsam Zutritt. Ich wünschte, der Flötenspieler käme, um mich zu retten. Aber er taucht nicht auf. Ich muss mich selber retten. Niemand anderes wird es tun.

## *Die prosaischen Glocken der Fantasielosigkeit*

Der Mensch muss atmen, um zu leben. Auch im Jahreskreis atmet ein Jahr ein und wieder aus, und auch ein ganzes Leben tut einen einzigen großen Atemzug. Im Zyklus ihres Lebens hatte die Frau bereits an der Schwelle gestanden, an der man innehält und sich bewusstmacht, dass man bereits dabei ist, im Dasein nicht mehr ein-, sondern auszuatmen, loszulassen. Man wurde sich bewusst, dass man dabei war, sich langsam vom Leben abzulösen. Eigentlich wäre es nun der richtige Zeitpunkt dieser Menschenseele gewesen, einen zufriedenen Rückblick auf das Leben zu werfen, Revue passieren zu lassen, was einen zu der Person hatte werden lassen, die man inzwischen geworden war. Einen Kassasturzwagen,

Biografiearbeit zu leisten, um Resümee ziehen zu können. Stattdessen hatte sie der Geist der Vergangenheit mit einem Happs verschluckt und als etwas Unerkenntliches wieder ausgespien. Sie fühlte sich auch entsprechend besudelt und durcheinandergewirbelt. Sie begann es ihrem Schicksal übelzunehmen, dass sie offenbar wieder ganz neu anfangen musste. Ihr fehlten dafür die Kraft und der »Überlebensmut«. Sie war von ihrer Feinsinnigkeit verraten worden und hatte wieder Angst vor der Außenwelt. Aber mehr noch. Schon wieder hatte sie vor sich selbst Angst. Ihre Empfindungen, ihre treuen Wegbegleiter, waren plötzlich bedrohlich und trügerisch. Vor den Folgeschäden für ihre Fragilität wollte sie in Deckung gehen. Ihre sensible Seele war einmal mehr ein Fluch als eine Gabe. Die Weltsichtigkeit, die sie sich angeeignet hatte und die sie zu einer Königin hatte werden lassen, verschwand. Das Gefühl von Weltverlorenheit blieb zurück. Sie kannte sie, die Schluchten, aus denen man keinen Ausgang fand. Sie wusste, es waren immer die kleinen Auslöser, alte Muster und Denkverhalten, die nun wieder nach ihr griffen und sie wieder mit sich zogen. Alte verwachsene Pfade eines unliebsamen Labyrinths, die man längst nicht mehr gegangen war, die man aber von früher her noch kannte wie das Innere seiner Westentasche. Wenn man diesen Weg einmal eingeschlagen und den Wildwuchs wieder plattgetreten hatte, dann war er viel zu rasch wieder freigelegt, der Weg ins Dunkle. Da kostete es alle Willenskraft und Wachsamkeit, aber vor allem Hoffnung, um der alten Gewohnheit entgegenzuhalten.

Ihre garstige innere Stimme wurde laut. »Hast du denn wirklich gedacht, du wärst den Dämonen entkommen?«, fragte sie.

Sie sah sich als hilflose Ameise in der Sandgrube des Ameisenlöwen hochkrabbeln, ohne festen Untergrund und so immer wieder zurückfallend. Sie kapitulierte schließlich.

Alle sozialen Kontakte wurden mit einem Schlag wieder schwierig. Diese Unerträglichkeit der Leichtigkeit um sie herum spürte sie wieder, immer wenn sie unter Leute ging, die es schön miteinander hatten. Die kosmische Mystik, mit der sie sich so wunderbar ein schönes Leben erträumt hatte, war dem Gefühl kosmischer »Dystik« gewichen. Sie war mit ihren Gedanken wieder in einer parallelen Welt gefangen. Aber einer fantasielosen, tristen Welt. Ihre Unbeschwertheit war ihr abhanden gekommen und ihr kamen wieder all die vielen Tränen inmitten von fröhlichem Geplänkel, nur weil es fröhlich zuging und sie daran nicht teilhaben konnte. Sie war so müde und hatte es satt. Chaos und Agonie. Wo waren die vergoldeten Bilder der Erinnerung? Wo waren ihre liebenswerten Waldgeister geblieben? Die hatte der Flötenspieler vertrieben. Es ging ihr die Luft aus. Sie dachte ständig über die Worte des Flötenspielers nach. Sie kam sich dumm vor. Sie selbst hatte ihre eigenen Ratschläge nicht befolgt. Sie selbst hatte sich den Schatten nicht gestellt und sie integriert. Sie hatte nur versucht, sie wegzuzaubern. Ihre eigenen Ratschläge erschlugen sie.

Nach dem Tod des Holländers hatte es noch keinen Lieblingsmenschen in ihrem Leben gegeben, der ihr beigestanden hätte. Keine Menschenseele direkt an ihrer Seite war mit ihr traurig gewesen, denn all die Menschen, die er zurückgelassen hatte, trauerten ganz woanders auf der Welt. Ihr blieb niemand, nur das Gespenst der Verlassenheit. Für alle Menschen aus ihrer

Welt war sein tragischer Tod nur eine Anzeige in der Zeitung gewesen. So fand sie keinen Trost, denn sie wurde nie getröstet. So einfach war das. Ihre junge Mädchenseele war mit der Tragödie ganz allein und auf sich gestellt gewesen. Erst durch ihre Flucht in die Welten der Hexen und Kobolde war es ihr gelungen, wieder auf die Beine zu kommen. Diese Welt hatte sie gerettet und ihr geholfen. Aber nun war sie erneut zusammengebrochen, an ihrer Zerbrechlichkeit und am Zusammensturz dieser Welt. Damals hatte es keinen Anlass gegeben, sich mit dieser Art von Verdrängung auseinanderzusetzen. Ihre Parallelwelt ließ sich ganz wunderbar integrieren, mit all den zauberhaften Naturwesen. Dann war sie eben etwas meschugge.

Das Versäumnis von Trost. Untröstlich geblieben. Ungetröstet gewesen. Trostlos. Daher rührte ihre unendliche Einsamkeit.

»Richte deinen Blick in die Zukunft!«, hatte man auch ihr gesagt. Und sie hatte es dem Flötenspieler geraten. Die ständig wiederkehrenden Bilder ihrer Erinnerung, das begriff sie, waren ein Aufruf gewesen. »He, du hast noch zu tun! Ich will gefälligst geheilt werden!«

An diesem Abend schrieb sie dem Flötenspieler: »Weißt du, es ist bald mehr die Erinnerung, die ich wahrnehme, als die Wahrheit – und zunehmend weniger die Wahrheit als inzwischen die Fantasie.«

Sie musste sich schon langsam Mühe geben mit der Wahrhaftigkeit. Denn was für eine entsetzliche Vorstellung, würden plötzlich Erinnerung und Fantasie das Steuer völlig übernehmen.

Am Vorabend ist sie bei Freunden gewesen, eingeladen zu Prosciutto und Co. Sie hat sich davongestohlen, als wollte sie sich von ihrem Leben davonstehlen. So fühlt sie sich jetzt. Sie schleppt sich zum Amt, um endlich einen Scheckkartenführerschein zu beantragen. Eine Meisterleistung, denn es ist keine zwingend notwendige Besorgung. Sie hat sich das Ziel selbst gesteckt. Sie braucht heute einen kleinen Etappensieg für einen klitzekleinen Wohlfühlmoment. Sie wartet beim Schalter darauf, aufgerufen zu werden.

### *Tagtraum im Magistrat*

»Ticktack«, macht die Uhr des Lebens.

»So, du schließt also ab mit allem? Und du hast dein Leben wohl schon geordnet? Es geht allem Anschein nach bald zu Ende«, poltert plötzlich der Rundherum-Wohlfühl-Staatssanktionär finster und mit brummiger Stimme. Er fixiert den Flötenspieler mit festem Blick.

»Ich habe eben versagt. Na und? Ich habe das Leben nicht zu nutzen gewusst. Oder das Leben hat versagt, sich mir schmackhafter zu machen. Danke für alles, war aber leider nichts Gutes für mich dabei unterm Strich. Wie auch immer ...«, sagt der Flötenspieler.

»Aber ich finde, es war schon viel Positives dabei«, meint die Waldfee auf seiner linken Schulter etwas verhalten.

»Wie bitte?!«, der Flötenspieler glaubt, sich verhört zu haben, und versucht, die Waldfee von der Schulter zu fegen. Diese hopst aber geschickt in die Höhe und weicht aus. »Das war ein ganz besonders bescheuertes Leben! Ein Leben voller Disziplin und

Entbehrungen, und dann ... in der Mitte war es gut ... Doch kaum fängt man an, sich daran zu erfreuen, will so quasi die Ernte einfahren, so schnell kann man gar nicht schauen, ist alles fort und auch nur noch das Endgültige in Sicht.«

Der Vorsitzende der Ordnungsbedacht sagt: »Ja, ich finde auch, dein Leben hat es dir ordentlich gerieben. Hähä ...« Er ist ein recht boshafter Typ.

Der Flötenspieler schnaubt, macht auf dem Absatz kehrt und stürmt Richtung Tür. Die Waldfee hält sich mit einer Hand an seinen Haaren fest und weht dabei wie ein Fähnchen hinter ihm her. Sie winkt der Frau zum Abschied mit der anderen klitzekleinen Hand zu.

»Hallo? Sind Sie denn terrisch? Ob Sie Ihren Meldezettel mitgebracht haben, möchte ich bitte wissen«, sagt der Magistratsbeamte unfreundlich. Der Beamte und das Ticktack der Uhr im Warteraum reißen die Frau aus ihrem Tagtraum. Dieses Mal ist es aber kein sicherheitsgebendes Ticktack, das ihr den steten Takt, die Ordnung von Verhältnissen, den Puls der Lebendigkeit vorgibt. Es ist der Rhythmus der Alternativlosigkeit, eine bedrohliche Mechanik, immer gleichgültig und öde, die unser aller Ende anzählt. Man ist ihm ausgeliefert, so wie sie sich ihrer Fantasie plötzlich ausgeliefert fühlt. Sie ist nicht mehr sonderlich selbstbestimmt. Sie ist auch besorgt, der Flötenspieler könnte sich etwas antun. Wenn er nicht ans Jenseits glaubt, aber auch nicht ans Diesseits, dann steckt der Karren fest. Eine Ewigkeit ist inzwischen vergangen. Sie reicht dem Beamten den Meldezettel.

Und am nächsten Tag meldet sich der Flötenspieler endlich. »In einem Augenblick geistiger Höhe habe ich dich angestupst, einem Instinkt bin ich gefolgt zur Rettung meiner Seele«, schreibt er ihr. »He, synästhetische Moralphilosophin! Ich will dich sehen! Ich weiß, ich habe den Bogen überspannt. Die alten Griechen haben für diesen Ausdruck das Wort καταστροφή, Katastrophe, benützt. Jetzt verstehe ich den Zusammenhang. Stell dir vor, ich habe auch wieder ein Buch gelesen. Deinetwegen. Für die liebenswerte Waldfee in meinem Leben, meinen Schöngeist in Ultima Forma.«

Die Frau freut sich so sehr, von ihm zu hören. Doch immer noch weiß sie nicht, ob er sie hat, die unsichtbaren Flügel. Einige Tage später aber, da weiß sie es:

»Ich laufe schon tagsüber mit der emsigen Betriebsamkeit mit, doch sobald ich alleine bin, breche ich zusammen. Die Hoffnung wächst untertags, doch erlischt mit mir im Dunkeln. Ich brauche dich einfach zum Ausleuchten der Finsternis.« Er schreibt ihr über seine Gefühle.

Die Frau schreibt zurück: »Ich kann dir für dein Verhalten eine Erklärung geben, falls du nicht selbst dahintergekommen bist, wieso du deinen giftigen Stachel nicht unter Kontrolle bringst. Aber eine Erklärung ist keine Entschuldigung, mir so wehzutun. Wenn du mich sehen willst, dann wirst du mit deiner Flöte kommen müssen.«

Zu diesem konspirativen Treffen kommt die Frau etwas verspätet. »Ach, bist du schon lange da? Ich habe dich gar nicht gesehen.«

Der Flötenspieler steht auf und schiebt der Frau den Stuhl zurecht. Die Frau setzt sich. »Du siehst etwas müde aus«, sagt er.

»Ich bin bei der maximalen Dosierung angelangt«, sagt die Frau. »Nebel im Gehirn. Ein gewaltiger Mangel an Sinnesschärfe. Als nächsten Schritt: Einschläfern, hat der Doktor gemeint. Wo ist die Flöte?«

Der Flötenspieler deutet auf den schwarzen Kasten neben seinem Stuhl. Er schaut in ihre Sommeraugen, sieht aber nichts.

Dann beginnt die Frau zu erzählen von Ihren Erkenntnissen und den Flügeln des Trostes. Die Einsicht, dass sie sich selber trösten wollte, indem sie den Flötenspieler noch einmal dazu bringen wollte, für sie die Flöte zu spielen. Sie erzählt ihm von ihrer Vorstellung der göttlichen Musik und ihrer unsichtbaren Kraft. Von den alten Griechen, die geglaubt haben, die Planeten musizierten. Und dass sie immer noch daran festhält an diesen Gedanken. Und dass es ihr leidtut, ihn dafür missbraucht zu haben, aber dass sie sich dessen erst durch seine hingeknallten Worte bewusst geworden ist. »Man findet sich plötzlich in dem, was der andere sagt, ohne dass man je danach hätte suchen wollen.«

Verzweiflung, Kummer, Verletzung und Sorge zeigt das hässliche Gesicht, das in jedem steckt. Sie hätte ihn nicht drängen sollen, sich ihr anzuvertrauen oder seine Seele in ihre Hände zu legen. Inzwischen kann sie ihm selbst auch nichts mehr bieten, denn sie fühlt sich leer, und wer nichts hat, der kann auch nichts geben. Aber sie wolle nicht lamentieren, nur eine Sache will sie loswerden: »Ich glaubte an die Kraft der Liebe und der Musik. Nicht im romantischen Sinne, aber an Heilung durch die positive Zuwendung zum Leben und zum Menschen. Du hast mir den

Glauben genommen und ich will, dass du das zumindest weißt. Und ich glaube an eine kosmische Verbindung von Menschen mit unsichtbaren Flügeln. Es sind die Wesen, die begreifen, dass alles zusammen gehört. Poesie, Musik, Literatur, die Philosophie, die Natur und die Politik und die Geschichte der Menschen.« Während sie spricht umarmt sie ihren Bauch und schaukelt in sanften Bewegungen nach vorn und zurück, wie Tiere es tun oder man es mit Kindern tut, um sie zu beruhigen.

»Hast du die Flöte verlangt, damit ich sie für dich spiele?«

»Ich weiß es nicht. Es sollte vielleicht ein symbolischer Akt sein, mit großer Wirkung. Vielleicht will ich, dass du darüber selbst nachdenkst, oder vielleicht will ich, dass sie mir Gesellschaft leistet. Immerhin hat unsere Freundschaft mit ihr begonnen. Oder ich will, dass du sie mir zum Geschenk machst, wenn du sie doch nicht mehr spielst. Wahrscheinlich aber wollte ich dir damit eins drüberbraten«, sagt die Frau.

»Ja«, sagt der Flötenspieler.

»Damals im Park ... da haben Glocken geläutet. Ich wollte Abschied nehmen von der Frau, die ich so geliebt habe, und nicht von der Musik. Ich stellte mir vor, sie hätte mir dich geschickt, um ein Ende einzuläuten und einen Neubeginn. Bevor ich zur Flöte gegriffen habe, da hat die Turmuhr geschlagen. Ich dachte, sie lässt sie für mich schlagen. Ich wollte an diesen Zauber glauben, denn damit wäre auch alles leichter. Aber ich habe gemerkt, dass ich das nicht kann, und es wurde auch nicht leichter. Kein bisschen. Ich fühlte mich plötzlich verspottet. So ein Unsinn, dachte ich. War ich denn so blöd, um an Zeichen aus dem Jenseits zu glauben? Wie kann es auch zusammengehen – so ein schmerzhafter Verlust auf der einen Seite und sonderbare Zeichen aus dem Totenreich. Es ist doch alles nichts als Unfug für Fantasten und Spinnerinnen. Ich habe alles aufgebaut und alles wieder verloren. Alles, was ich hatte. Meine große Liebe, meine Berufung und damit die Liebe zu meinem Beruf. Alle Visionen meiner Existenz mit all den Perspektiven und Inspirationen waren verschwunden. Die ursprüngliche Vorstellung von meinem Leben war mit einem Schlag fort. Und als ich bemerkte, dass ich nie mehr würde spielen können, war das zu viel für mich. Alle Entbehrungen und Aufopferungen, der Verzicht auf Kinder zugunsten meiner Musikkarriere, alles umsonst. Niemals habe ich in jungen Jahren auf Stränden übernachtet, niemals habe ich nackt in Bergseen gebadet, niemals habe ich über die Stränge geschlagen, nie habe ich gekifft, keiner Lust habe ich nachgegeben, kein Laster mir erlaubt. Alle Hingebung für die Kunst. Ich habe alles gegeben. Die Unbeschwertheit meiner Jugend. Die Verantwortungslosigkeit meiner Kindheit ... geopfert. Für fortgetragene Träume. Es ist mir, als wäre ich zugleich mit ihr und mit der Musik ausgelöscht. Und da bist du. Du machst ständig Hokuspokus mit deinem Panoptikum an Fabelwesen und den mentalen Roadtrips. Du stellst alles auf den Kopf und mich stellst du inmitten der Manege hinein in dein Scheinwerferlicht, zu einem Zeitpunkt, zu dem ich am liebsten in Luft aufgelöst wäre. Aller Unsinn hat einen Sinn, den du erwartest. Aber in meinem Herzen regen sich nur Widerstand und Ablehnung. Dabei weiß man darum im selben Augenblick und ist somit doppelt geknickt. Einmal bricht das Herz deswegen und einmal verzweifelt man aufgrund seiner Zerrissenheit als schizoiden Zustand. Und ein drittes Mal knicke ich ein. Wegen der zehrenden Sehnsucht nach Heilung. Und bitter schmeckt die Angst vor dir und deinen Gespenstern. Die Angst, einen Verlust noch einmal durchstehen zu müssen, wenn du fortgehst. Du mit deinen Aphorismen, über die du mit Elfen sprichst. Ich bitte dich! Da hat man dann doch lieber gleich nichts. Nichts kann man auch nicht verlieren. Du tauchst immer wieder auf und erinnerst mich, dass es einmal schön war.

Ich sehe nicht, wie ich das schaffen soll. Ich reiche nicht aus, dahin zu gelangen, wo du bist. Ich kann dafür doch nicht an Geister glauben. Da erscheint es mir immer noch besser, mich aufzugeben. Widerstand gegen deine Welt, zum Selbstschutz.«

Das alles mochte er gedacht haben, aber es kam nicht ein einziges Wort über seine Lippen. Nur seine feuchten Winteraugen sagten es. Die Frau hörte es und es schnürte ihr die Kehle zu vor Kummer.

Das aber, was er schließlich in Wirklichkeit und mit Worten sagt, ist: »Damals im Park ... da haben Glocken geläutet.« Aber schon verlässt ihn wieder der Mut. Er hat die Worte in sich, aber sie finden den Weg nicht heraus. »Weißt du, an manchen Menschen kommt man nicht vorbei im Leben, um dann so mir nichts, dir nichts ohne sie wieder weiterzuziehen.«

»Ja«, sagt die Frau und schaukelt. »Aber du hast mich und das Leben trotzdem verspottet. Ich dachte, wir wären einander aufgefallen, dabei bin ich auf dich reingefallen.« »Vielleicht waren es ja die prosaischen Glocken der Fantasielosigkeit, die geläutet haben«, denkt die durch und durch intuitive Frau traurig und fühlt sich von ihrer Intuition getäuscht.

Zu genau derselben Zeit ereignet sich im Zauberwald des Optimismus Folgendes:

## *Geschichte von Geistreich und Wandel*

Es treffen sich die Waldfee Wandel und der Waldgeist Geistreich an einem der vielen alten geheimen keltischen Kultplätze. Geistreich ist in eine schlimme Lebenssituation geraten und Wandel hat viele Lebensweisheiten als Küchenmagnete auf ihrem Kühlschrank kleben. Die Waldfee will damit das Hässliche wieder ins Schöne verwandeln. Das ist schon immer ihr innigstes Bedürfnis gewesen. Sie glaubt an die Kraft der Duplikation von Befindlichkeitsschwingungen. Wer glücklich ist, verbreitet Glück, und so ist es ein ewiger Kampf zwischen Gut und Böse auf dieser Erde, denn ebenso ist dies auch von reziproker Gültigkeit. So muss man stets darum bemüht bleiben, dass man so viele Seelen wie möglich glücklich macht. Dafür sind die guten Hexen und Feen ja schließlich da, um ständig zur Stelle und unterstützend im Einsatz zu sein. Und die üblen Wesen und bösen Drachen stehen mit ihnen im ständigen Wettstreit.

»Liebe Wandel, mir geht es nicht so berauschend«, sagt Geistreich. »Mein Leben steht still. Ich komme nicht weiter. An keinem Tag wird es auch nur ein kleines bisschen besser.«

Ein Wurzelzwerg nimmt seinen Kopf aus dem Alles-ist-okay-Sand.

»Ich habe keine Kraft, der bösen Fratze meines Schicksals ins Gesicht zu blicken. Alles, wofür ich mich begeistern konnte, ist mit einem Schlag wegsubtrahiert. Ich ertrag die Fragen nicht, die ich mir nie stellen musste, weil ich die Antworten nicht kenne oder wahrscheinlich nicht mag. Alles ist wirr und lähmend und sinnlos und mein neuer Bewusstseinszustand, in dem ich seit damals jeden Tag verbringe, den mag ich schon gar nicht. Und was zum Henker tut dieser Wurzelzwerg denn hier? Sind wir hier in einem Märchenwald oder wie?«

»Ojemine, mein liebster Geistreich«, gibt Wandel zurück, »ich muss darüber nachdenken. Weißt du, ich glaube selbst eigentlich gar nicht an Märchen. Ich glaube eher daran, dass jeder unbewusst Schritte setzt in die Richtung eines selbstbestimmten Ziels, das man zu Beginn vielleicht noch gar nicht kennt. Es sind unendlich viele Entscheidungen, die jeder von uns aus diesem Grund genau auf diese Weise trifft. Ich glaube daher an die Intuition. Je ehrlicher man mit sich ist und je bewusster man mit sich umgeht, desto weniger Irrwege wird man beschreiten müssen. Was auch immer aus deinem Schicksal an Gutem herausgequetscht werden kann, das wartet schon darauf, sich zu entfalten. Antworten, die du jetzt nicht kennst, werden sich dafür später finden, zur rechten Zeit. Aber suche und suche und suche immer weiter. Die Antworten, die du nicht magst, die bringen dich nur dazu, neue Wege einzuschlagen, die auch schon auf dich gewartet haben. Früher oder später wird etwas Gutes daraus entstanden sein. Wo es wehtut, genau da schau hin und nicht weg. Denn da wartet etwas darauf, geheilt zu werden. Ich glaube an deine Fähigkeit, aus dieser schweren Zeit wieder herauszufinden, und die Feinsinnigkeit, die du als Musiker hast, die verfluche nicht, sondern verehre sie! Denn sie wird es sein, die dir helfen wird, wenn du es nur zulassen kannst.«

Mit diesen Sätzen verschwand sie.
Alles war gesagt, befand sie,
denn Geistreich, der verstand sie.

Möchte der Flötenspieler die Waldfee unbedingt in seinem Leben behalten? Vielleicht geschieht ein Wunder. Wenn er nicht die richtigen Worte findet, vielleicht findet er einen anderen Ausweg.

Er setzt sich an seinen Schreibtisch, knackst mit den Fingergelenken, rückt alle Gegenstände zurecht und arrangiert sie wieder neu. Nun stellt er alle Gegenstände auf den Esszimmertisch und wischt den Schreibtisch feucht ab. Dann stellt er die Gegenstände in einer Reihe der Größe nach auf. Erst von links nach rechts zunehmend größer werdend, dann von rechts nach links zunehmend größer werdend, dann wischt er sie mit dem Unterarm vom Tisch und sie segeln auf den Boden. Er steht auf und geht eine kleine Runde im Zimmer umher. Er gießt eine hoffnungslos vertrocknete Zimmerpflanze, und da setzt er sich plötzlich wieder und schreibt wie besessen drauflos. Es ist die erste Geschichte seines Lebens, die aus ihm fließt. Eine vertrauliche Erzählung für die Frau:

## *Siebenschläferin und Gewidder*

Gewidder sah aus wie ein sanftes Lamm. Er war das beliebteste Kind des Dorfes. »Meine Güte! So ein herziger Bub!«

Siebenschläferin sah aus wie eine Schlafmaus. Ein kleiner hektischer Bilch mit aufgerissenen Äuglein, spitzer Nase und spitzem Mund. Man traute sich gar nicht hinzugreifen aus Angst vor ihren ruckartigen Bewegungen. »Meine Güte! So ein närrisches Mädchen!«

Gewidder hasste dieses entwürdigende Getue um seine Person und Siebenschläferin hasste es, dass keiner je das Bedürfnis hatte, sie zu tätscheln. Beide Erscheinungsbilder sendeten quasi die falschen Signale. Er war so ein kluger und hübscher Junge. Alles, was er anfasste, wurde zu Gold, und so wurde es ihm in den verzückten Gesichtern seiner Fangemeinde gespiegelt. Und sie, sie war irgendwie hopsig und anders neugierig. Sie kostete im Advent den herrlichen nach Neugewürzen duftenden roten Saft und wunderte sich, warum die Tante sie grob am Arm packte, um ihr den Mund auszuspülen. Sie rollte die Karottenschalen lieber zu kleinen Rosen zusammen, anstatt beim Schälen zu helfen, und stach mit der Gabel in die aufgehenden Germknödel der Mutter, so dass sie in sich zusammenfielen zu schlaffen Hüllen. Sie dachte, sie hätte die Welt gerettet vor riesenhaften Monsterknödeln. »Was um Himmels willen ...!«, schrie da die Mutter. Dann verdrehte sie ihre Augen. Siebenschläferins Taten wurden auch in den Gesichtern gespiegelt. Auf gegenteilige Art jedoch. Während er das Flötenspiel lernte und für die Schule, machte sie im Garten sechs Flickflack hintereinander. Auch mehrmals hintereinander kam sie zu spät zur Schule, wenn sie überhaupt dort ankam. Während er auf stolzen Vollblütern ritt, galoppierte sie auf imaginären Ponys durch den Wald, rettete Bienen, die ihr in den Finger stachen, und von Katzen angeknabberte Mäuse, die ihr in den Finger bissen. Er tat immer das Richtige. So lange, bis jeder ausschließlich damit rechnete, dass er immer das Richtige tun würde, sein Leben lang, und nichts anderes mehr sehen oder hören wollte als das Richtige. Sie tappte dafür in alle möglichen Fallen. Aber glücklicherweise war sie wendig und geschickt und sowie die Mausefallen zuschnappten, huschte sie wie der Blitz davon und brachte sich in Sicherheit. Da saß sie alleine auf dem Ast eines Ringlottenbaumes und ihr kleines Herz pochte und Tränen drückten ihr die Kehle zu. Das Leben wollte ihr schon wieder an den Kragen. Sie nahm das persönlich. Sie schnaufte, aber sie war in Sicherheit. Vorläufig. Er legte währenddessen eine perfekte Musikerkarriere hin, versank in seiner Musik, um nicht den Stall ausmisten oder sonst irgendeinen anderen Mist machen zu müssen. Der Applaus der Menschen gefiel ihm weitaus besser als die unverdiente Bewunderung. Gewidder war inzwischen ein stattlicher Widder geworden, der keine Haken schlug, sondern immer brav am Weg blieb. Er hatte festgestellt, dass er auf diese Art am ehesten seine Ruhe hatte vor allem. Inzwischen hatte er mächtige Hörner bekommen und einen ordentlichen Dickschädel, und war ihm etwas im Weg, so senkte er den Kopf und verfrachtete das Hindernis – zack – zur Seite. Aber eines Tages, da tappte auch er in eine gewaltige Falle. Ein Schicksalsschlag hatte ihm übel mitgespielt. Da lag er am Boden und war kaputtgegangen. »In den Boden versinken ... Wenn ich flach liegenbleibe und mich auf den Boden drücke, wenn ich verschmelze mit dem Untergrund, dann bin ich ausgelöscht und in Sicherheit.« Doch da liefen schon alle Veranstalter und der Musikdirektor herbei und klatschten die Hände über ihren Köpfen zusammen. »Wann wird er nur wieder funktionieren und für uns wieder Flöte spielen? Wann nur?!!« Er wurde immer müder und das Leben begann noch einmal, irgendwie verrückt zu spielen nach einer Begegnung. Da war er erstmals verblüfft.

Siebenschläferin hätte wohl so was wie eine »Gebrauchsanweisung zum Aufwachsen« gebraucht oder zumindest eine verlässliche Hand für Notfälle. Sie war zwar völlig frei, aber mit allem überfordert und alleingelassen. So trugen sie die Gedanken weit fort an fremde Sehnsuchtsorte, wo sie nicht mehr so allein war. Sie lernte, dass sie von ihrem Ringlottenbaum aus durchs Beobachten und Spähen das Leben etwas besser verstand. Dabei lernte sie nicht nur, Eins-a-Haken zu schlagen, sondern auch eine Geheimsprache. Sie hörte, was nicht gesagt wurde, und sah, was nicht gezeigt wurde, und sie fühlte, was andere empfanden. Auf diese Art weinte sie viel weniger, während er zunehmend wenig lachte. Dann kam der Tag, da lernte er die vorwitzige Siebenschläferin kennen. Sie flitzte in Windeseile und mit einer ihm verlorengegangenen Fröhlichkeit vor seinen Hufen hin und her, so dass ihm ganz schwindelig wurde. Mal trug sie gatschige Gummistiefel, dann sauste sie wieder barfuß herum oder gar in hohen Schuhen.

Eines Tages kam sie in Flipflops angelatscht und sagte zum Widder: »Du, Gewidder, gell, ich kenn mich total aus mit Hürden. Ich kann unzählige Fehltritte vorweisen und als lehrreiche

Erfahrung verbuchen. Ich habe zahlreiche Facetten meiner selbst durchleben müssen, bevor ich mir meiner selbst bewusst wurde. Vielleicht brauchst du meine Hand.«

Und der sture Widder sagte: »Ich bin zwar tatsächlich etwas orientierungslos, Leichtigkeit und vor allem jede Fantasie sind mir bedauerlicherweise abhandengekommen, und du bist zwar eine kluge und schnuckelige kleine Schlafmaus, auch Siebenschläfer genannt, und in durchaus guter Form, wie ich sehe, aber deine Hilfe brauche ich nicht.«

»Och, wie schade«, fiepste die Schlafmaus und hüpfte in den Spagat.

Da sagte der Widder: »Na ja ... Aber wir könnten ja mal einen trinken gehen. Du weißt schon: kleine Schritte!«

Und die Schlafmaus sagte: »Hm. Ich mag recht gern trockenen Qualitätswein aus der Steiermark.«

»Aha«, sagte da der Widder. Und: »Gut.« Er war kein sonderlich gesprächiges Schaf, aber wohl sehr stolz auf seinen ausgeklügelten Schachtelsatz zum Einstieg dieses Gespräches.

»Hoffnungslosigkeit hat nicht das letzte Wort«, dachte die Schlafmaus.

»Was hat die bloß immerzu mit diesen lahmen Kalendersprüchen?«, dachte der Widder.

– Ende –

***

»Gehst du mit mir am Wochenende auf ein Konzert? Ich habe schon zwei Karten. ›Von Hexen und Hexern‹. Das ist doch genau das Richtige für dich: Camille Saint-Saëns und der ›Totentanz‹, Paul Dukas und der ›Zauberlehrling‹, ›Eine Nacht auf dem kahlen Berge‹ von Mussorgsky ...«, fragt der Lieblingsmensch die Frau.

»Ich weiß es noch nicht. Ich habe keine Lust derzeit auf Musik und Hexenkram«, sagt die Frau gelangweilt. Sie ist auf dem Weg zum Postkasten und der Lieblingsmensch steht draußen am Tor. Während sie den Schlüssel unterm Kinn eingeklemmt hält, sortiert sie die Post durch und der Lieblingsmensch versucht noch einmal, sie zu überreden. Da entdeckt sie den Brief des Flötenspielers. Sie freut sich so sehr, und auf einmal hat sie wieder Lust auf Musik und Hexenkram. Jetzt hat sie sogleich wieder das Gefühl, es leuchteten doch dieselben Sterne für ihn und für sie. Tja, so ist das oft im Leben.

»Kannst du dich erinnern an das Filmdrama mit Meryl Streep und Clint Eastwood von 1995? ›Die Brücken am Fluß‹ hieß der Film.«

Der Lieblingsmensch überlegt.

»Sie lernt den aufregenden National-Geographic-Fotografen kennen und verliebt sich, und dann entscheidet sie sich für ihre Familie. Er kommt noch ein letztes Mal vorbei, öffnet die Autotür seines Pickups und sie steigt nicht ein. Er fährt fort. Nichts bleibt von ihm zurück, außer einer Staubwolke. Damals war ich fassungslos. Ich habe aufgeschrien: ›Ja, bist du denn vollkommen des Wahnsinns? Steig doch ein!‹«

»Ach ja. Ich erinnere mich. Die Frage ist, ob sie den Kontakt gehalten haben.«

»Natürlich!«, meint die Frau.

»Natürlich nicht!«, entgegnet der Lieblingsmensch. »Wenn er

sie nicht haben kann, wieso sollte er sich die Mühe machen, den Kontakt zu halten?«

Die Frau wird sauer. »Weil sie doch Seelenverwandte sind! Weil über ihnen dieselben Sterne leuchten! Weil sie ihn im Leben behalten mag und er sie. Weil sie nicht einfach weiterziehen können nach dieser Begegnung. Weil so was mystisch ist und kosmisch, solch eine große Liebe.«

»Nicht, wenn er sie nicht vögeln kann. Dann ist es schnell vorbei mit der kosmischen Liebe«, sagt der Lieblingsmensch.

»Du weißt nicht, wovon du sprichst. Du kennst das offenbar nicht.«

»Und wir reden nicht mehr vom National-Geographic-Typen und Meryl Streep?«

»Nein!«, sagt die Frau.

»Du hast ja mich. Ich bin doch deine verwandte Seele. Sei nicht traurig«, meint der Lieblingsmensch.

»Nein, bist du nicht«, will die Frau sagen, »denn sonst würdest du an die beiden glauben.« Aber stattdessen sagt sie: »Ja, eh.«

## *Und ein letzter Traum in diesem Buch*

Ich bin in einer Fischerhütte auf einer nordischen Insel. Du bist von einem Kutter aus dem dämmrigen Nebel an Land gestiegen in Anzug und gelben, sehr dreckigen Gummistiefeln. Wir sehen uns an und stehen uns eine zu lange Weile gegenüber. Du gehst an mir vorbei, ohne Berührung. Ich brate dir einen Fisch. Ich mag die Bilder in meinem Kopf dazu nicht. Daher mache ich ein neues Bild. Auf einem Teller forme ich eine ästhetische Welt.

Smaragdgrün schimmernde Algen wickle ich zu einem Nest. Darauf drapiere ich den silbernen Fisch und stelle ihn dir auf einen schweren Holztisch. Der Tisch ist dunkelrot gestrichen und mit folkloristischem Muster verziert, so bunt wie rumänische Bauernmöbel. Du sagst nichts und beginnst zu essen. Ich sage: »So schneide doch dem Fisch endlich den Kopf ab, der schaut dich so traurig an. Befreie mich von dem Leid.« Der Fisch mit seinen leeren Augen so hellblau und blass liegt da in seinem grünen Bett und schaut. Das dunkle Rot des Tisches, das Smaragdgrün der Algen und das Silberblau des Fisches harmonieren so wunderschön. Da sagst du: »Das muss man schon aushalten können eine Weile. Das geht vorüber.«

Die Frau will, dass der Flötenspieler das Band trennt, das sie verbindet. Sie kann es nicht ertragen. Sie fühlt sich wie ein toter Fisch.

## *Die Cellistin*

An diesem Tag liest die Frau einen Zeitungsartikel über eine Reihe von Solokonzerten in Wien und ihr Blick fällt in der Ankündigung auf eine Cellistin. Erst fällt ihr der Familienname auf und dann ihre Nationalität, und es wallt schon ein Gedanke auf, der sich partout nicht mehr zurückdrängen lässt. Ihr wird erst heiß und dann übel. Sie tippt zittrig den Namen in ihr Handy und öffnet Wikipedia. Geburtsort Naarden, Niederlande. Sie springt auf und läuft nervös auf und ab. Sie weiß nicht, ob sie lachen oder weinen soll, sie überventiliert und ganz schwindelig ist ihr. »Das ist die kleine Schwester. Das ist die kleine Schwester. Das ist die kleine Schwester ...«

Im Zugabteil sitz ihr gegenüber ein Mann, der eingenickt ist. Als seine Begleitung ins Abteil kommt, sieht sie ihn zärtlich an und streichelt sanft über seinen Kopf. Als sie ihn auf die Wange küssen will, da drehte er sich schnaubend fort und sagt: »Boah, so lass mich doch schlafen.« Da lehnt sie sich leise wie ein Mäuschen zurück und schaut traurig aus dem Fenster. Sie ist eine dieser Frauen, die so viel Liebe in sich tragen, dass sie daran zu platzen drohen. Als die Begleitung den Blick der Frau spürt, sieht sie kurz auf. Ihr Blick verfinstert sich sogleich und richtet sich rasch wieder hinaus auf die vorbeiziehende Landschaft. Nun wirkt ihr Ausdruck noch kümmerlicher als davor. Durch eine Zeugin der Szene fühlt sie sich in Verlegenheit gebracht und schämt sich. Daher hat nicht der Mann, sondern die Frau den giftigen Blick geerntet. Es ist weitaus schlimmer, eine Zurückweisung zu erfahren, wenn man dabei auch noch beobachtet wird. Das ist auch der Grund, warum die Frau beschlossen hat, ganz alleine loszufahren.

»Wie kann er diese Frau nicht lieben, bei der doch ringsum Engel flattern?«, wundert sie sich. Sie hat seit Tagen nichts gegessen. Zum ersten Mal seit Jahren hat sie sich einfach aus dem Staub gemacht. Einfach alles hinter sich gelassen. Sie steckt nun eine zerknitterte Eintrittskarte in ihre Tasche zurück, an der sie sich die ganze Fahrt über festgehalten hat. Als der Zug am Westbahnhof eintrifft, traut sie sich kaum auszusteigen. Sie fühlt sich bereits wie ein ungebetener Gast in dieser Stadt.

Nun durchläuft sie die Bahnhofshalle, unsicher wie ein kleines Kind, ganz alleine und fremd. Vor Leuten, die ihr in die Augen blicken, senkt sie den Blick. Sie hat das Gefühl, sie schütteln ihren Kopf darüber, dass sie hierhergereist ist. »So eine Schnapsidee!«, sagen diese Blicke. »Was soll das denn jetzt?«

Sie kramt hastig in ihrer Tasche nach der Konzertkarte. Sie behält sie zur Sicherheit doch lieber in der Hand. Das Papier ist bereits weich geworden. Eine erwachsene Frau umklammert also ihre Karte, als wäre es ihr schmuddeliges Nuckelpüppchen. Sie hat noch eine Stunde Zeit, bis das Konzert beginnt. Den Weg in den Music Club Porgy & Bess hat sie sich gut eingeprägt.

Im Lokal ist es dunkel und die alten Samtmöbel erinnern an das Flair eines alten Varietélokals. Der Club war einst das erste Raucherlokal Wiens und später das erste, beste und einzige Pornokino und erotische Etablissement. So viel Geschichte ist darin aufgehoben, genauso wie sie in ihrem Inneren ihre Geschichte aufgehoben hat, die sie hütet wie einen Schatz. Nun will sie die Geschichte mit der der Cellistin verweben.

Das Konzert ist für die Frau eine wunderbare Gelegenheit, die kleine Schwester des Holländers anzustarren. Im Schutz der Dunkelheit und der Anonymität kann sie die Cellistin genauestens unter die Lupe nehmen. Sie kann nicht fassen, dass diese Künstlerin in Kindertagen mit »ihrem Holländer« Kakao getrunken hat, seine Kleidung nachgetragen hat, mit ihm auf Bäume geklettert ist, in den Grachten Schlittschuhlaufen gelernt hat, sich mit ihm gestritten und wieder versöhnt hat. Gemeinsam haben sie sich gegen die Eltern zur Wehr gesetzt und sich von denselben Eltern trösten lassen. Wie bedeutend die unbekannte Cellistin dadurch für die Frau ist! Und wie unbedeutend sie als Fremde war. Sie betrachtet die sehnigen Finger, den geschwungenen Mund, das dichte, gewellte Haar, ihre feinen Glieder und die markanten Wangenknochen. Die Leidenschaft und Hingabe, mit der sie auf ihrem Instrument spielt, berührt sie. Tränen steigen auf.

Als das Konzert zu Ende ist, versammeln sich all die Solokünstlerinnen an der Bar und begrüßen ihre persönlichen Gäste. Die Frau steht im Hintergrund und hat keinen Mut mehr, sie anzusprechen. Sie fühlt sich unwichtig. Was soll sie auch sagen? »Hallo, ich habe Ihren Bruder gekannt.« Sie fürchtet, ihr womöglich den Abend mit so einer Konfrontation zu verderben. Sie will nichts von der vielen Anerkennung und Aufmerksamkeit, in der sie gerade badet, zerstören und ihr so den Auftritt kaputtmachen. Doch sie kann auch nicht gehen und alles zurücklassen. Sie kämpft sich zur Bar und steht nun Rücken an Rücken mit der Cellistin, die weiterhin gut gelaunt, vollgepumpt mit Endorphinen mit ihren Kollegen plaudert und ihren Kopf zum Rhythmus der Jazzmusik tanzen lässt.

Die Frau bestellt sich einen Whisky, nimmt beherzt einen Schluck und spült damit die Tränen herunter. Dann kritzelt sie auf die abgegriffene, entwertete Eintrittskarte ihre Nummer und ihren Namen. Sie kippt noch den Rest des Whiskys und dreht sich nun zur Cellistin. Mit zittrigen Händen überreicht sie ihr die Karte. Der Kopf der Cellistin steht nun still. Sie schaut die Frau fragend an. So wie ihr Kopf steht in diesem Augenblick die Zeit still und auch die Musik nimmt die Frau nicht mehr wahr. Sie stammelt: »Bitte, wenn Sie sich einmal die Zeit nehmen möchten und mich anrufen wollen. Ich will mehr über Sie erfahren.« Die Finger berühren sich und es ist eine heilige Berührung. So, wie die dem Christkind aus dem Mund gefallenen Kekskrümel heilig waren. So, wie die Berührung mit dem Flötenspieler heilig war. Der Kopf tanzt nun wieder und die Cellistin sagt: »Ja, gerne. Hartelijk bedankt!«

Das war ganz leicht. Das ist gut gelaufen. Sie würde denken, sie wäre vielleicht eine Reporterin oder Musikkritikerin. Sie wird sich bestimmt melden. Falls nicht, wird sie die kleine Schwester wiederfinden. Jetzt weiß sie ja, wo sie zu suchen ist. Vor der Garderobe will sie schon die Marke gegen ihre Jacke eintauschen, da besinnt sie sich. Sie hat noch keine Trophäe. Sie steckt die Marke also in ihre Hosentasche und schwindelt der Garderobenfrau vor, sie habe sie versehentlich im Lokal ausgestreut. Widerwillig bekommt sie ihre Jacke ausgehändigt.

Nun kann sie nicht gehen, eher hopst sie zurück zum Westbahnhof. Die Marke fest umklammert.

***

»Wohin geht ihr denn?«, fragt der älteste Sohn.

»Auf ein Konzert. Ein Flötenkonzert«, sagt die Frau.

»Ja, dann ... viel Spaß!«

Der Mann hält ihr die Autotür auf und die Frau steigt ein. »He! Vergiss nicht, den Schlüssel abzuziehen, sobald du die Eingangstüre zugesperrt hast, ja? Sonst klingeln wir dich raus in der Nacht«, ruft er seinem Sohn zu.

An diesem Abend schreibt die Träumerin: »Du hast so wunderbar gespielt. Deine Seele hat gespielt. Meine Seele hat getanzt. Ich bin so glücklich.«

Es war das dritte Mal, dass sie ihn hat spielen hören.

Der Flötenspieler antwortet nicht.

# *Inhalt*

## *Zitate*

Seite 22

»Alles geben die Götter, die unendlichen, ihren Lieblingen ganz.«
Aus: Johann Wolfgang Goethe, Gedichte. Nachlese. Aus einem Brief an Auguste zu Stolberg, Weimar 17.7.1777

Seite 48

»Der verbissenste Misanthrop braucht die Menschen doch, wenn auch nur, um sie zu verachten.«
Marie von Ebner-Eschenbach, Aphorismen. 1911.

Seite 52

»Vom tiefsten Meeresgrund wälzet sich Leviathan auf schäumender Well' empor.«
Aus: Franz Joseph Haydn, Die Schöpfung. No. 18.

Seite 104

»Die verlängerten Linien der Beziehungen schneiden sich im ewigen Du.«
Aus: Martin Buber, Ich und Du. In: Das Dialogische Prinzip. Lambert Schneider, Gerlingen 1997.

# Dank

Ich möchte mich besonders bei meiner großen Schwester, der Streuobstwiesen-Birgit Eichholzer, bedanken.
Des Weiteren danke ich Peter Strasser, Günter Eichberger und Gerald Brettschuh für die ermunternden Worte.
Der fabelhaften Christina Kreuzer danke ich, dass sie mit mir so wohlwollend durchs Leben fliegt.
Außerdem danke ich meiner wundervollen Familie und den lieben Eltern für ihre Liebe und Unterstützung sowie Helga Dragaric und allen Freundinnen (Ulli, Ann, Jasmin ...) für die zahlreichen Rückmeldungen. Sie haben gelesen und gelesen und gelesen, bis dieses Buch schließlich fertig war.

*Rike Springer, Mai 2022*

Mirabilis Verlag 2022
2. Auflage
www.mirabilis-verlag.de

ISBN 978-3-947857-16-6

Text: © Rike Springer
Umschlagmotiv: »Frau im Spiegel« © Gerald Brettschuh, Graz
Umschlaggestaltung: © Florian L. Arnold
Reprofotografie: Croce & WIR, Graz
Druck: OOK-Press Kft. Veszprém